サイファー・ピース・ダンサーズ

国仲シンジ

角川春樹事務所

目次

プロローグ

「……ウ、……ユウ！」

恭介（きょうすけ）に呼ばれていることに気付いて、公園の隅で黙々と練習していた俺（おれ）はイヤホンを外す。数メートル離れた中央の広場へと視線を向けた。

そこには四人の男子中学生がいる。

「ユウもやらない？　ウインドミル耐久1on1！　長く回り続けた方の勝ち！」

そのうちの一人、恭介が無邪気に笑って言った。夕暮れの陽射（ひざ）しを浴びて、横顔を赤く染めている。

その奥で一人が地べたであぐらをかき、あとの二人は向かい合って柔軟体操をしている。

「負けたらジュースな」

「俺は宿題やってほしいなー。明日当てられるんだよ」

この二人が今から戦うらしい。

ウインドミルとはブレイクダンスの代名詞ともいえるアクロバットで、背中や腕を支点として体を返しながら両脚を旋回させる技だ。一見派手だが、ブレイクダンスの中では比較的難易度が低い。現に俺はダンスを始めて一ヶ月で、この四人に至っては二週間足らずでマスターした。

俺はイヤホンのコードをぎゅっと握りしめた。午前中から休まずに練習していたので、息が上がっていて全身汗だく、足は疲労で震えている。

小さな公園なので車道が近い。夕方になって交通量が増えたためか、行き交う車の音がやけにうるさい。

「……いや、いい。自主練してるから」

俺が断ると、恭介は爽やかな声で「分かった！　練習がんばって！」と親指を立て、三人のもとへ走って行った。

すぐに勝負が始まり、結果として二人とも一分近く回り続けていた。

しかし最後の方はお互い遠心力を失い、腕で無理やり体を押し上げて、何とか回っている体裁をとっている、という感じだった。

ウインドミルとしては不恰好で、回転しながら「もう無理」「いい加減諦めろ！」などと悲鳴をあげ、罵倒し合う始末。観戦している恭介たちは腹を抱えて笑っている。

俺は彼らに背中を向け、イヤホンを耳に押し込んだ。しかし音楽に集中できないまま、ぼんやりと考える。

——天才と凡人を分ける決定的な違いは何だろう。

成長の速度？

柔軟な発想や閃き？

運や環境？

きっとどれも正しい。

でも一番大事なのは、どれだけ「夢中になって楽しめるか」だと思う。

一　天才の中に紛れ込んだ凡人

中学三年の夏、ニューヨークにある巨大ホール。

俺（おれ）は四人の仲間と共に、ステージの上に立っていた。四人とも同い年で、小学五年生のときに組んだ初めてのチームだ。

それがたった四年でこんなところまで来てしまうなんて、きっと誰（だれ）も想像していなかったに違いない。

まさか、仲良しグループの延長のような中学生チームが、年に一度のＢ－ＢＯＹの祭典、世界最強のクルーを決める５on５ブレイクダンスバトル「ＷＤＳ（ワールド・ダンス・スタジアム）」の決勝まで、勝ち残るなんて。

四方八方からスポットライトに照らされ、肌がじんわりと熱を帯びている。

大音量の激しいダンスミュージックが高速で跳ねる心音と重なる。

曲名は『Alive - Locktown & Alexandra Prince』。

妖艶（ようえん）な女性ボーカルの歌声、規則的な四つ打ちのビート。かき鳴らされるエレキギター。

特大スピーカーから放たれた音楽が、最大五万人収容のホールを隅々まで駆け回っている。

ステージ上から満員の観客席を見下ろした。あらゆる人種の観客がこちらを見上げて拳（こぶし）を握り、体を揺らし、頬（ほお）を紅潮させて声援を送っている。

視線を正面に戻す。決勝の相手はアメリカ代表だ。今、そのうちの一人がステージの中央で踊っている。スキンヘッドの頭、鎧（よろい）のように分厚い筋肉。さらに腕や首に派手なタトゥーがびっしりとある。もし街で見かけたら、誰もが目を逸（そ）らしてすかさず距離を取るような見た目だ。

アメリカはストリートダンス発祥の地。

その代表である彼らは、優勝候補筆頭だ。とても人間技とは思えないアクロバットを涼しい顔で決めている。こちらに中指を立てて挑発する様はまるで「お前らみたいな中坊（ちゅうぼう）にこの技が出来るか？」とでも言っているかのようだ。彼の一挙手一投足に呼応するかのように会場が揺れている。

そんな対戦相手に比べて、俺たち日本代表チーム「Lil' homies（リルホーミーズ）」はどうだ。

細マッチョと言えば聞こえはいいが、アメリカ代表の面々に比べたら細枝のような手足。

毎日ダンスをして鍛えているとはいえ、まだ中学三年生でしかないのだから仕方ない。文字通り大人と子どもだ。

「……ユウ！　ユウ！」

会場の雰囲気と対戦相手に圧倒されていた俺は、背中を強く叩かれて正気を取り戻す。叩いたのは恭介だった。

「恭介……ああ、ごめん」

カラカラの喉から声を搾り出す。恭介はそんな俺にため息をつき、大声を張り上げた。

「しっかりしなよ！　バトルはもう始まってるんだからさ！」

「分かってるよ」

「まさか緊張してるなんて言わないでよ？」

「そりゃするだろ。決勝だぞ」

「決勝だね。だからこそ全力で楽しまないと！　観客だってこんなに盛り上がってるんだから！」

恭介が観客席に向かって両腕を広げた。

まさにその通りだ。日本では考えられない、外国人だからこそのハイテンション。何事にも予想の三倍のリアクションをしてくれる、ダンサーにとっては最高のオーディエンスだ。

「沸いてるのは相手のダンスに対してだろ。これがもし、俺たちが踊り始めた途端に白けたらどうする？」

俺はそう問いかけながら、自分自身に舌打ちした。ついネガティブなことばかり考えてしまう。俺の悪い癖だ。士気を下げるだけの余計な発言でしかない。

しかし恭介に水を差された様子はなく、間髪入れずハハッと笑い飛ばした。

「白ける？　そんなわけない。むしろ俺たちの番になったら倍の倍は沸くに決まってる！　俺たちLil' homiesは最強なんだから！」

その確信めいた顔を見てつくづく思う。

俺とは真逆だ。

どんな状況も心の底から楽しめる。強大な敵にも辛い練習にも、前向きで夢中になれる。

チームメイトの他の三人も同様に笑顔で頷いた。

四年前、ストリートダンスにのめり込む俺につられてダンスを始めた同級生たち。

個人でのダンスバトルに出たら全員が上位まで勝ち進む。中学生の枠を飛び越えて、一般のプロダンサーと共に前線で活躍している天才集団。それがLil' homies。

――ただ一人、俺を除いて。

ワッと会場が大きく沸いた。地響きのような歓声が体にぶつかり、思わず一歩下がる。

アメリカ代表が難易度の高いアクロバットを決めたところだった。

「さあリーダー！　もうすぐ俺たちの番だよ。一発目はどうする？」

恭介が俺の肩を肘（ひじ）で突（つつ）く。俺が独学でダンスを始め、四人に教えた。だからとうの昔に追い抜かれて実力差が開いた今でも、リーダーと呼ばれている。

俺は、天才の中に紛れ込んだ凡人だ。


しかし、それを認められなかったのは過去の話。今では、こんな自分にでも出来ることは何か？　と常に自問自答している。その結果が世界大会の決勝に立っている今だ。

俺なんかが世界一に挑むなんて分不相応極まりない。でもこいつらは天才だから、このチャンスを摑（つか）む義務がある。

俺は自分の胸を強く叩いた。肺の中にたまっていた重たい息が全（すべ）て吐き出される。新鮮な酸素を取り込むと、一気に頭と視界がクリアになってくる。

「……よし！　予想通り個々のダンスのスキルでは勝てない。全体として立ち踊り（スタイル）主体でいく。この曲は一分半頃（ごろ）に分かりやすい音ハメがあるから、それをきっかけに連携（ルーティーン）に入ろう。まずは今日特に観客にウケてる恭介がムーブを被（かぶ）せろ」

一呼吸おいて、腹から声を出す。

「一発目が肝心だ！　絶対に流れを摑みたい。頼むぞ！」

すると四人とも、プレッシャーなど一切無いかのように威勢よく「おう！」と返事した。

まもなくして、アメリカ代表のムーブの終わり際に恭介が飛び出た。

途端に黄色い歓声が沸く。今日まで国外では無名だった恭介だが、予選から決勝に至るまでに多くのファンを獲得した。

世界レベルと遜色(そんしょく)ない技術に加えて、細長い手足と柔らかい関節を活(い)かした個性的な足技(フットワーク)。人懐っこいベビーフェイスな笑顔は人種を超えて通じる魅力がある。

「――行くぞ！」

俺が他の三人に合図をする。敵に触れるギリギリまで距離を詰めていた恭介が、バク転で戻ってくる予定の位置まで膝(ひざ)で滑り込む。

事前に決めていた、チーム全員による連携(ルーティーン)を開始した。

五人で横一列に並び、床に手をつきながら地を這(は)うような複雑な足技(フットワーク)を高速で合わせる。

一日も欠かさず練習し続けた俺たちは、足だけでなく上半身の角度や目線の位置に至るまで、一糸乱れずに揃(そろ)っている。

アメリカ代表チームの大味な個人技に対し、精度の高い連携技で攻める。その分かりやすい対立構造が観客に伝わり、大いに沸いている。

――ダンスバトル。

何度か切り替わる曲の中で、向かい合った敵と、交互に即興で踊り競う。

かつてスラム街におけるギャング同士の抗争を、殺し合いではなく、ダンスの優劣によって勝敗を決めたことがきっかけとされている。

それが時を経て、現代では表舞台（オーバーグラウンド）のエンターテインメントとなり、世界大会を催すまでになった。


「ユウ！」

恭介が叫ぶと同時に静止し、両手を重ねて腰を落とす。

俺は恭介の両手を踏み台にして、高く飛び上がり、伸身宙返りをした。

最高到達地点は四メートルを超える、派手なパフォーマンスだ。

体が上昇している間、耳元で空気を切り裂く音がした。

しかし頂上に達すると何も聴こえなくなる。観客の声も、音楽さえも。

これは俺がメインとなる唯一の連携（ルーティーン）だ。地を這うような低い体勢による足技（フットワーク）で目線を下に集め、恭介が発射台となり、俺が上空で回転する。

タイミングがシビアで、呼吸がずれると高さが出ない。当然、高くなるほど危険度は増す。その分、Lil' homiesの連携（ルーティーン）の中でも鉄板のパフォーマンスだ。勝負どころではこれを持ってくることが多かった。

両手両足を伸ばし、重力から解き放たれたようにふわりと舞う。

この瞬間だけはいつも音が消える。

ドームの高い天井に設置されているいくつものスポットライトが、ゆっくりと上から下に流れていく。

体感としては数十秒、しかし実際には二、三秒の浮遊から着地すると、すでに次の陣形が出来ている。

一音(ワンカウント)のズレもなく、五人全員による違う質感の連携(ルーティーン)が始まった。

振り付けと音楽に集中しながら、観客の反応を窺(うかが)う。特大の歓声が耳に飛び込んできた。

重要な一発目のムーブを成功させ、上手(うま)く流れを掴めたことを確信した。

――ダンスバトルの勝負は、技術(スキル)、音楽性(フィーリング)、情熱(バイブス)、個性(オリジナリティ)、そしてどれだけ観客の心を魅了(ロック)できたかによって決まる。

それは一対一(ワン・オン・ワン)のソロバトルにおいても、多人数によるクルーバトルでも同じだ。

しかしクルーバトルの場合は、それらに加えてチームとしての魅力や一体感が重要になってくる。単純に上手いダンサーを集めれば強いチームになるわけではない。

特にソロの始まりや終わり際でチームの何人か、あるいは全員で振り付けを揃える「連携(ルーティーン)」は大きな加点要素になる。

Lil' homies の武器はまさにそれだった。

中学生のレベルを遥かに超えた個々のスキル、加えて精度の高い連携。

それらを駆使して、俺たちは世界一のダンスチームを決めるこの大会の日本予選を勝ち抜き、世界大会の決勝までたどり着くことができた。


十分間のバトルが終わった。

俺たちは息が上がって喋る余裕もなく、棒立ちで胸を上下させ、審査員席を見つめた。

五人の審査員は難しい顔をしながら、こちらとアメリカ代表チームを交互に見比べている。両手に持つ赤と青の旗が小刻みに揺れている。

ドラムロールが始まった。腹の底に響くような打撃音。徐々にボリュームが上がっていく。結果発表の直前はいつも断頭台に立たされているような感覚に襲われる。

やがて轟音が止まった。

騒いでいた五万人の大観衆がしんと静まり返る。空調の駆動音と、スピーカーから僅かに流れるジー、というノイズだけが聞こえる。

そして、静寂を切り裂くようなＭＣの英語の合図とともに、五人の審査員が一斉に旗をあげた。

青、

青、

青、

青。

五本の旗はどれも、こちらを示す青だ。

『Winner! From Japan, Lil' homies!!!!』

MCによる絶叫コールは、それを遥かに上回る観客の熱狂によってかき消された。

歓声だけでなく、拍手、足踏み、指笛などのあらゆる音が会場中の壁や天井を跳ね返り、巨大なうねりとなって俺たちの全身を包み込む。

一回戦ではただの子どもだと見下して観ていた他国の代表や、観客、審査員、その誰もがスタンディングオベーションで祝福してくれている。

現実感のないその光景を、咄嗟に飲み込めなかった。

「やったー! 世界一だ‼」

恭介が俺に飛びついてきた。恭介の目の端に浮かぶ涙に、照明が反射してきらきらと光っている。

「……ああ、そうだな。俺たちが世界一だ」

続けて他の三人も抱きついてきた。とても支えきれず、そのままステージに倒れ込む。

四人の肌は焼けそうなくらい熱かった。Tシャツは汗でびしょびしょだ。苦楽を共にした戦友なので分かる。きっと彼らにとって今が人生最高の瞬間なのだろう。

そんなことをぼんやりと考えている俺に、恭介が不思議そうに尋ねた。

「ユウ、あんまり嬉しそうじゃないね」

いつからか、チームで勝ったとき、喜ぶのではなく安堵するようになった。世界一になったら変わるかと思ったが、何も変わらないらしい。

「俺の力じゃなくて、お前らのおかげだから……」

返答を聞いた恭介たちは、お互いに顔を見合わせた。眉をひそめている。

「……はあ、誰の力とか、誰のおかげとかないから！　クルーバトルはチーム力で決まるっていつも自分で言ってるだろ？」

恭介の言葉に、全員が頷く。今までもずっと、この四人は決して俺を足手まとい扱いしなかった。本当に良い奴らだ。

でも、もうはっきりと自覚している。

俺の指示なんかなくてもLil' homiesは実力を発揮できた。たとえ今回は運悪く負けたとしても、近い将来絶対に優勝できる。それだけの才能がある。逆に、俺はこいつらがいないと永遠に勝てない。

そう思ったところで、視線に気付いた。スーツを着た大柄の外国人男性が、一メートルほどの金色のトロフィーを抱え、寝転がっている俺たちを微笑ましそうに見下ろしている。

俺は慌てて立ち上がり、代表してトロフィーを受けとった。

直後、無数のカメラのフラッシュが瞬いた。真っ白な光の中で、四人の中学生の浮ついた横顔が脳裏に焼きついた。

何も考えられなくて、両腕に持った金色の塊がとにかく重たかった。


――帰国してすぐ、親父が亡くなった。

俺は東京から福岡へ引っ越すことになり、ダンスをやめた。

◇

「悠一郎くん、今回は残念だったね」

隣に立っている明夫が歪んだ笑みを浮かべる。唇の右端だけを上げてひくひくさせる、変わった笑い方だ。

「手応えはあったんだが」

俺は掲示板を見上げながら、メガネを中指で押し上げて返事した。

一週間前、実力テストがあった。高校一年の夏休みが明けてすぐだった。渡り廊下の掲示板に一学年の上位五十名の順位が貼り出されており、明夫の名前が三十二番目にあった。

しかし俺の名前、「遊間悠一郎」の文字はなかった。

「気にすることはないよ。ここはあの九葉高校だからね」

明夫が誇らしげに胸を張る。

俺たちが通う公立九葉高校は、福岡で有数の進学校であり、中学でもトップクラスの人間が集まる名門だ。今どき珍しくテスト結果を貼り出す校風で、今もそれを見るために何十人もの生徒が掲示板前に集まっている。

「明夫はその中でも三十二位なんだからすごいじゃないか。おめでとう」

俺が素直に讃えると、明夫はわざとらしくため息をついた。

「たいしたことじゃないよ。ダメダメだよ。正直恥ずかしいね」

「よく俺に勉強教えてくれたし、そのせいで自分の勉強ができなかったんじゃないか？

悪かったな」

「気にする必要はないさ。どうせ僕は普段から勉強なんてほとんどしないからね。むしろ悠一郎くんは毎日あんなに勉強していたのに、遊んでばかりだった僕の方が上だなんて何だか申し訳ないよ」

そう言いながらも、にやにやと鼻の穴を膨らませている。申し訳ないとはちっとも思っていないそうなので、気にしないことにした。

「そうか。夏休みの間、何してたんだ？」

「アニメにゲームにYouTube。時間がどれだけあっても足りないね」

明夫はやれやれと呟きながら、掲示板に載っている自分の名前を見つめた。心なしか頬が赤い。素直に喜べばいいのに。

この太めの坊主男子、横山明夫は同じクラスの友人だ。

皮肉めいた話し方や見た目のせいもあり、学校では俺以外に友達はいない。

入学してすぐ進学校のハイレベルな授業について行けなくなった俺は、出席番号順でたまたま後ろの席だった明夫に質問した。それが交友のきっかけだった。

明夫は最初こそ警戒している様子だったが、何度か教えてもらううちに饒舌になった。

かくいう俺も、明夫以外の友人はいない。休み時間に誰とも話さず、教室でひたすら勉強をしているからだ。

高校受験が終わったばかりで、大学受験は遥か先。そんな高一の時期にもかかわらず勉強に明け暮れている俺の姿は九葉高校の生徒たちから見ても異常らしく、奇異な目を向けられている。

勉強しすぎたせいで視力が下がり、受験前からメガネをかけるようになったため、陰で「自習メガネ」と呼ばれているらしい。

「悠一郎くんは自信があったんだろう？　ヤマが外れたのかい？」

明夫が尋ねた。掲示板の前は依然として人が多く、がやがやと騒がしい。

「ヤマとか関係ない。俺はもともと頭が悪いんだ。中学でも下から数えた方が早いくらいだったし」

「よくそれでこの高校に受かったね」

「半年間、死にものぐるいで勉強したんだよ」

俺は何気ない口調で返事し、目を細めた。

――世界大会のすぐ後、親父が亡くなった。

物心ついた頃から仕事をしておらず、酒を飲んでは幼い俺と母さんに暴力を振るうろくでなしだった。

ダンスにのめり込んだのは親父のおかげとも言える。放課後、まっすぐ家に帰ると飲んだくれている親父に殴られるため、俺は母さんの仕事が終わるまでの時間を公園で過ごさなければならず、そのためには何かに没頭する必要があった。

当時の俺には、音楽と共に自由に跳ね回るＢ－ＢＯＹたちは魅力的に見えた。幸い、スマートフォンを早いうちから持たされていたので、夢中で動画を漁(あさ)っては、動きやしぐさを真似た。

また、体に青痣があってもダンスの練習でできたと説明すれば、教師や友達が納得してくれるのも都合が良かった。

コンクリートの上に敷いたダンボールに、技を失敗して何度も体をぶつけた。親父に殴られるより痛くなかった。痛みには、報われる痛みと意味のない痛みがあることを知った。

中学に上がる頃、親父が肝臓の病気でちょこちょこ入院するようになった。お見舞いには一度も行ったことがない。亡くなったと知ったときも特に悲しくはなかった。

葬式などのバタバタがひとしきり終わった後、母さんが異動になり、福岡行きが決まった。母さんは俺がLil' homiesのメンバーと離れないで済むように、一人暮らしや都内の親戚に預けられないかなど色々模索してくれたが、俺にとって引っ越しはちょうど良かった。ダンスをやめるきっかけになったからだ。俺はあの天才たちに囲まれて、ダンスを続けていくのが苦痛だった。

ダンスをやめてからの時間と情熱は全て勉強に注いだ。

奇跡的に名門進学校に補欠合格できたが、元々の基礎学力が足りていないために苦労しているのが現状だ。

「やっぱり一位はA組の日向あかりなんだな」

俺は掲示板の一番上にある名前を読み上げた。明夫も目線を上に移動させる。

「入試トップだからね。全国統一テストでも毎年十位から外れたことはないらしいし、紛れもない天才だよ」

日向あかりは、入学式で新入生代表として挨拶した女の子だ。明るい名前の響きとは裏腹に、三つ編みメガネでボソボソと喋る地味な女の子だった。

「いずれ追い抜いてやる」

「ほう、言うねえ」

俺の決意表明を、明夫が鼻で笑った。

「凡人だって目標を決めて本気でやれば、ある程度のところまでは成長できるんだ。そこから先は別として」

「悠一郎くん、甘いよ。僕だってかなり勉強したのに三十二位だよ？　日向あかりレベルとは埋められない才能の差があるのさ」

「やっぱり勉強したのかよ」

「ま、ちょっとね。ほんのちょっと、言うほどじゃない程度にね」

「とにかく、俺は凡人だけど……」

――みんなのおかげで、世界一になれた。

そう言おうとして、口をつぐんだ。ダンスをしていたことは隠している。詮索されたくないし、ダンスの話すらしたくなかった。

幸い、今の俺は天然パーマが伸びっぱなしのもっさり頭で、さらにメガネをかけている。東京で活動していたLil' homiesのユウだと気付く者はいない。これからもそうだろう。

「……俺は日向あかりを倒して、学校で一番になる。そして良い大学に行って、安定した大企業に就職するんだ。そのためにこの高校に入ったんだから」

入学してから何度も反芻(はんすう)している目標を、改めて口にする。

「凡人だって努力すれば夢は叶(かな)う、かい？　ふふっ、熱いね」

明夫は生温かい目で微笑み、続けた。

「僕は悠一郎くんを応援しているから、今まで通り分からないことがあったら何でも聞いてくれて構わないよ」

そう言い残し、そのまま教室に帰っていく。いかにも期待していない明夫の反応は、今の俺には心地良かった。

そうして一人になったところで、斜め後ろから小さな声が聞こえた。

「あの、その……すいません」

誰に話しかけているのかは分からないが、周囲に返事をする者はいない。

振り向いてみると、さっきまで噂(うわさ)をしていた三つ編みメガネの学年一位、日向あかりがそこにいた。

「あの、私……」

鼻のあたりまである長めの前髪と、度の強そうな分厚いメガネをかけているため、彼女の顔はほとんど見えない。気まずそうに体を縮こまらせているので、俺と明夫の話を聞かれたかもしれない。彼女からしたら、掲示板にも載っておらず、クラスも違う謎の男子生徒から急に宣戦布告されたのだ。困惑するのも無理はない。

「日向さん、気を悪くしたらごめん。俺はB組の遊間悠一郎だ。さっきの発言は悪い意味じゃなくて、目標にしたんだ。具体的な目標があると努力内容が明確になるだろ。今はまだ五十位にも入れないようなレベルだけど」

そう言うと日向さんは首を小さく振った。背中の真ん中まである二束のおさげが揺れる。

「いえ、こちらこそごめんなさい。目標だなんて、そんな」

彼女はすぐに視線を外し、左右に泳がせた。

「その、私なんかが一番になってしまって、嫌ですよね」

私なんか？

よく意味が分からず、間を空けて否定する。

「……別にそんなことないけど」

「次は、もっと低い点を取りますから」

両手をぎゅっと握りしめ、今にも泣き出しそうな顔だ。

「そんなことしなくていい。普段の勉強の成果を測るテストで、その結果の順位なんだから、全力でやらないと意味ないだろ」

「そう、ですけど……」

日向さんは中途半端に言葉を切り、もごもごと口を動かしている。

その小さな声を何とか拾おうと耳を澄ませていると、掲示板の周囲に集まっている男子生徒たちの話し声が聞こえてきた。

「また日向かよ。あいつがいたら一番になれねーよ」

「あーあ小遣い減らされる。クソッ」

「塾も行ってないらしいぜ」

「ちっ、才能かよ。これだけ頭良かったら勉強も楽しいだろうな」

「勉強しかできないブスのくせに」

彼らはこの場に本人がいることに気付いていないらしい。先程の日向さんの「私なんかが一番になってごめんなさい」という発言は、普段からこの嫉妬(しっと)にあてられた結果なのだろう。くだらない。

とはいえ、嫉妬は勝負の世界では絶対に生まれてしまうものだ。俺たちもWDSの日本予選を通過して代表に決まった当時は、よく陰口を叩かれた。

「子供だから話題作りで日本代表になれただけだ」

「即興じゃないとバトルじゃない。準備してきた連携(ルーティーン)に頼るな」

「生活がかかっているプロダンサーに譲れ、中学生が思い出作りで参加するな」など。

全員に反論していくなんて手間だし、時間の無駄だ。仕方ないものと割り切るしかない。

俺は青い顔で震える日向さんに、自分なりのアドバイスをした。

「あんなもの気にしなくていい。謝罪なんてもってのほかだ。気にしてもパフォーマンスが落ちるだけだし、高校でも一番を取り続ければいずれ勝手に黙るはずだ」

日向さんはぱっと顔を上げる。困惑したように目を見開いた。

中学でもある程度は妬まれていたに違いない。でもこの高校は特に勉強に自信がある生徒ばかりだ。今までとは比べものにならない嫉妬と悪意に戸惑っているのだろう。

「妬んでいる時間を勉強にあてられないなら、どうせ上にはいけない。凡人はただひたすら考えながら努力するか、それが無理ならその世界から逃げ出すしかないんだ」

「そんな、凡人なんて……」

おそらく彼女は学生生活を勉強だけに費やしてきた人だ。ダンスバトルシーンの人口より遥かに数が多いはずの、全国の同学年の中で十位以内を維持しているのだから、明夫が言った通り、紛れもなく天才の部類だ。

「もしあいつらが日向さんのような天才だったら他人なんてどうでもよくて、ひたすら夢中で勉強しているはずさ。明らかにそうじゃないんだから、間違いなく凡人だろ」

「て、天才なんて」

「でも他人の嫉妬が耳障りなのは事実だよな。聞かないに越したことはないから、日向さんはこんなところに長居しないで、さっさと教室に戻った方がいい。ほら」

「あ、は、わ、分かりましたっ」

そう返事し、頭を下げて、駆け足で教室に向かって行った。

周囲の雑音なんて気にせず、しっかり実力を発揮してもらわないと目標にならない。もっとも、彼女が恭介たちのように本物の「天才」であれば、いずれ自分の実力で何とかするだろうが。

教室に戻ると、すぐホームルームが始まった。二ヶ月後に迫った文化祭の実行委員を決めるらしい。

俺はクラスメイトたちが委員を決めている間も教科書とノートを広げて勉強した。

「自習メガネの奴、また勉強してるよ……」

「文化祭なんて興味ないんだろ」

呆(あき)れたような声が聞こえた。まさにその通りだ。思い出作りをするくらいならその時間を勉強にあてる。成果を出すためには、常に優先順位を明確にして何かを切り捨てていかなければならない。

しばらくして実行委員が決まったらしいが、黒板に書かれた名前に聞き覚えはなかった。

放課後、自習室に向かった。入学して以来、日が暮れるまで勉強をするのが日課だった。

自習室には三人がけの長机が並んでいて、ぽつぽつと間隔を空けて何人かの生徒が静かに座っている。俺は最後列の空いている席に腰かけ、問題集を開いた。

まずはよくつまずく数学から。俺の弱点は基礎だ。引っ越して本格的に受験勉強を始めるまで、授業中はほとんど寝ていたので、全く基礎が身に付いていない。

ダンスにおいて基礎を疎(おろそ)かにする者は勝てない。きっと勉強も同じに違いない。

高校に入ったばかりの頃、毎回のように数学の授業の後に職員室に聞きに行っていたら、教科担任がうんざりしながら中学の問題集を何冊もくれた。

それらをリズム良く解いていく。しかしある問題で長考していると、机の上に、視界の端から消しゴムがころころと転がってきた。角が取れて丸くなった、かなり使い古された消しゴムだ。

「……あの」

そして横から聞き覚えのある、か細い声。

目を向けると、同じ机に椅子(いす)一つ分空けて日向さんが座っていた。彼女はすでにノートを広げているので、たった今現れたわけではないらしい。

「はい」

俺は消しゴムを摘み上げ、日向さんに渡した。彼女は大げさな会釈をし、小声で呟いた。

「あ、ありがとうございます」

お礼を最後まで聞く前に、俺は視線を手元の問題集に戻した。また勉強に集中しようとするが、ふと日向さんのことが気になった。

彼女が自習室にいるのは珍しい。いつから同じ机に座っていたのだろうか。それに他にも空いている席はあるのに、なぜわざわざ横に？

疑問に思っていると、また消しゴムがころころと転がってきた。俺はもう一度それを拾い上げて、言った。

「新しい消しゴムを買った方がいいんじゃないか？」

きっと小さくなるまで使い古して摑み難いから何度も転がしてしまうのだ。物持ちが良いのは美点だが、これじゃ日向さんは集中して勉強できないだろう。

すると彼女は慌てたように目を逸らした。肯定も否定もせず、何か言いたそうに口をもごもごさせたかと思うと、急に大きめの声を出した。

「……あの！　遊間くん、その問題、教えましょうか？」

ボリュームを間違えたらしい。きょろきょろと周りを見渡している。誰もこちらを見ていないことを確認し、ほっと息を吐く。

「いいのか？　助かる」

小声で答えると、ぎこちなく微笑み、拙(つたな)い口調で解説してくれた。たどたどしい話し方はともかく、内容はとても分かりやすかった。

「助かった、ありがとう。おかげで次からは一人で解けると思う」

引っかかっていた問題が理解でき、清々(すがすが)しい気持ちで頭を下げる。日向さんは視線を遮るように顔の前に両手を出した。

「いいえ……！　私の方こそ、ありがとうございます」

指の隙間(すきま)から見える彼女の顔は真っ赤だ。

「私の方こそ？　消しゴムを拾っただけでそんなに感謝しなくていいけど」

「いえ、その……、掲示板のところで、励ましてもらったので」

「ああ、あのことか。たいしたことは言って……」

そう言いかけて、気付いた。もしかして隣に座ったのも、消しゴムを二回も転がしたのも、解き方を教えてくれたのも、ただそのお礼を言うためのきっかけ作りだったのか？

全国トップクラスの秀才がタイミングを窺って消しゴムを転がす姿を想像すると、おかしくて笑いそうになる。

「……あと、ひとつだけ聞きたくて」

日向さんは、少しだけ背筋を伸ばした。

「あのとき、天才だったら夢中で勉強してるはずだ、って言いましたよね。それがよく分からなくて。天才って、少ない努力で人並み以上の結果を出せる人のことを言うんじゃないんですか？」

「ああ、それも正しいと思う」

俺の答えに、彼女は首を傾(かし)げる。

「でも、それはただの『センスがある人』だ」

「それと天才は違うんですか？」

「言っておくけど、あくまで俺の基準だからな。どんなジャンルでも共通して、その他大勢より上達が早い『センスがある人』がいる。俺は、その中でもさらに『夢中になって楽しめる人』こそが本当の天才だと思ってる。むしろセンスよりそっちの方が大事かもしれない」

「……？」

日向さんはまた首を捻(ひね)った。俺は顔だけを横に向けていたが、体ごと彼女に向けて座り直した。

「例えばスポーツで、普通だったら嫌がるような地味な基礎練を心から楽しんでやれる人がいるだろ？　時間を忘れて、話しかけても聴こえないくらい没頭してるって感じの」

「は、え、あー、はい……」

日向さんが曖昧に頷く。

「野球だったらバッティングが楽しいし、バスケだったらシュートが楽しい。派手だし、単純に気持ち良いから。そういう練習なら夢中でやれる人は多い。けれど中には、誰もが避けたい地味で面倒くさいけど重要な基礎も、心からしたいと思ってできる人がいる。役に立つから我慢してするんじゃなくて、好きでしたいからする。しかもその気持ちが初心者から上級者になっても変わらない。そういう奴と一緒に練習していると、ああこれが天才なんだ、って思う」

恭介を始めとして、Lil' homies は全員がそうだった。

四人とも、どんな練習でも楽しそうだった。成長したいから努力するのではなく、努力そのものを楽しんでいた。俺みたいに勝ちたいから努力するのとは根本的に違う。「楽しいからする」のモチベーションは無敵だ。

センスの差だけならがんばれる。上達が遅いだけなら、時間を捻出して練習量を増やせばいい。そうして続けていけばいつか勝てるかもしれない。

しかし「夢中で楽しめているかどうか」という点で、明確な差があった。

毎日、四人が遊ぶように練習している横で、一人だけうじうじと考えながらしたくもない練習をしていた。これは必要な苦労だ、きっと役に立つからと自分に言い聞かせて。バトルも同じで、楽しそうに戦うチームメイトたちの背中を見ながら、俺だけ対戦相手に圧倒され、観客の声や視線に怯えている。

惨めで、続けられなかった。

目の前の練習に、目の前のバトルに夢中になれなかった。そんな自分に嫌気がさして、そんなときに引っ越しというきっかけもあって、俺はダンスをやめてしまった。

「うーん……」

日向さんは小さく唸ったあと、間を置いてうん、と頷いた。

「あの……、遊間くん、私を励ましてくれたとき、私を天才だって言ってくれましたよね。じゃあ私は、天才じゃないです」

語気が強い。初めて日向さんから意志のこもった声を聞いた気がする。

「そうなのか？」

「はい。私、勉強が楽しくてしてるわけじゃないんです。ただ、他にしたいことがないからしてるんです。昔は成績が良かったら褒めてもらえたから。今では、一番になっても当たり前みたいになってますけど……、別に順位なんてどうでもいいんです」

「目的もなく、暇だから勉強してるってこと？」

俺が聞き返すと、日向さんは否定も肯定もせず、困ったように笑った。

暇つぶしに勉強して一位だなんて、彼女に嫉妬している同級生たちが聞いたら激昂しそうだ。

　でも俺は、もしそうだったとしたら、さらに日向さんを尊敬する。

「じゃあ、なおさらすごいよ」

「すごい？　遊間くんの基準で言う、天才じゃないのに？」

「だって、好きでもないししたくもないのに、努力を継続できてるってことだろ？　日向さんは努力家なんだな」

　俺はダンスをやめてしまった。天才にも努力家にもなれていない。

　一方、日向さんは目標も決めず強制もされていないのに、この名門校で学年トップを維持している。

「努力家……、初めて言われました。私、努力家なんだ」

　日向さんが膝の上で両手をぎゅっと握りしめる。出会ってからずっと陰鬱（いんうつ）だった表情が、初めて明るく見えた。

「いつか、心から夢中になれるものが見つかるといいな」

「はい……、そうですね」

　彼女はそう言った直後、顔を強張（こわば）らせた。そわそわした様子で、前髪をしきりに指で梳（す）いている。

「どうし……」

「もも、もし！　もしよかったら、また話しかけてもいいですか⁉」

その声はかなり大きくて、自習室にいる何人かがこっちを見ているが、日向さんは意に介さない。メガネの奥の瞳（ひとみ）は真剣だ。

「……もちろんいいぞ。俺も勉強で分からないことがあったら、また聞いてもいいか？」

「はい！」

「じゃあ、とりあえず静かにしよう。迷惑になるから」

彼女はあたふたと周りを見回しながら体を机に向けた。耳まで真っ赤だった。

下校時刻になり、日向さんと別れ、部活帰りの生徒たちと共に校舎を出た。

「ユウちゃーん、お帰り～」

帰宅した俺を迎えたのは気の抜けた声だった。声の主は和室の中央に置かれたローテーブルにだらしなく上半身を乗せている中年女性。

遊間百合子（ゆりこ）。俺の母さんだ。頭にぐるりとタオルを巻いているので、風呂（ふろ）上がりだろう。

「もうすぐアラフォーになろうという女が、気の抜けた喋り方するなよ」

母さんは手元のスマートフォンに繋（つな）がっている有線のイヤホンを耳から外した。俺の悪態は聞こえなかったようだ。

「ん、なーに？　ユウちゃん」

「何でもない。今日は帰りが早いんだな」

「ずっと人手不足だった店舗があったんだけど、新しく大学生の子が何人か入ってくれてね。みんな物覚えが早くて良い子なの。おかげで私がヘルプに入らなくて済むようになったんだー」

　母さんはエリザベッタという全国チェーンのファミレスに勤めている。

　東京にいたときからいろんな店舗を駆け回っていて忙しそうだったが、福岡に異動してきてからはさらに帰りが遅くなった。詳しいことは分からないが、それなりに偉い立場にあるらしい。

「やっぱり俺がバイトしようか。お金のことはよく分からないけど、俺が稼げば少しは母さんが楽できるんじゃないか？　ダンスもしてないから体が鈍ってるし」

　鞄を置きながら言うと、母さんは上体を起こして俺を見上げた。目尻を思いっきり下げて、にへっと笑う。

「ユウちゃん、大きくなったねー。この頃はこんなに小さかったのにー」

　質問には答えず、持っているスマートフォンの画面を見せてきた。その中ではダンスバトルが行われている。

　Lil' homiesが小学五年生のときに出た、初めてのクルーバトルの動画だった。

「やめろよ、恥ずかしい」

俺はうんざりして、画面から目を逸らした。

「ふふ、ユウちゃんとーっても楽しそう。踊りながらにこにこーってしてるの」

「下手（へた）じゃん。ウインドミルも失敗したし」

「初めてなんだから失敗するのは当たり前だよーう。それに、どんなに音を外しても、たいしたことしてなくても、こんなに盛り上がってるじゃーん」

母さんの言う通り、小さな体にダボダボの服を着た動画の中の小学生たちは、とにかく無邪気で楽しそうだった。それが微笑ましいのか、会場はダンスの内容以上に沸いている。

「このバトル、結局負けちゃってすごく泣いてたよね。懐かしー。ユウちゃん昔は泣き虫だったのに、今じゃぜんぜん泣かなくなったよねー」

俺はスマートフォンを奪いとり、ホームボタンを押して動画を閉じてやった。すると母さんの表情は一転し、悲しげに目を潤ませた。

「もおー！　ユウちゃんいじわるうー」

「うるさい」

「私の生きがいなのにぃー。ユウちゃんを観ないと明日のお仕事がんばれないよー」

「だから、俺がバイトを……」

「バイトは禁止ですぅー。私は、したいことをしているユウちゃんが好きなんですー」

唇を尖らせて、母さんが立ち上がった。

今年三十五になるが、すらりと伸びた肢体に髪や肌の艶も良い。二十代と言っても通用するはずだ。かなり良い条件での再婚を狙える見た目だと思う。高校生の息子がいることを除けば。

「私はお仕事が好きだから平気だよー。それよりユウちゃんには貴重な高校生活をちゃんと楽しんで欲しいなー。それなのに最近お勉強ばっかりいー。お勉強がしたいなら、それでもいいけどおー」

「俺は勉強がしたいんだよ。良い大学に行って、良い会社に入るんだ。学歴があると選択肢が増えるだろ。学生の優先順位の一番は勉強だよ」

「良い会社ー？　ダンスで稼いだらいいじゃーん」

「ダンスを続けたとして、結果を出してる若いうちは良いよ。バトルやコンテストの賞金もあるし、振付師やインストラクターの道もある。でも歳をとったらどうする？　体も動かないのに、どうやってダンスを教えるんだ」

「そんなの、他のスポーツでもそうでしょー？」

「ストリートダンスの業界は、他のスポーツほどまだ体系立てされてないんだよ。引退した後も関われるのはごく一握りだけだ」

「むむ、お金が全てじゃないよーう。おじいちゃんになったユウちゃんが踊るのって、たとえ衰えていても渋くてかっこいいと思うなー」

「母さんから見たらそうかもな。でもダンスするような若い子がおっさんに憧れるか？　若くて魅力的なダンサーが、キッズの歳から幅広く湧いてくるんだぞ。わざわざスポンサーやイベントの主催者が、影響力の無いおっさんを使いたいと思うか？」

「んー、でも、踊ってるときのユウちゃんは……」

いつになく食い下がる母さんに、俺はつい強めに言った。

「うるさいなあ、もういいだろ。食える食えない以前に、そもそも俺はダンスが嫌いなんだよ！」

「………」

すると母さんは黙ってしまった。

気まずい。でもしつこかったから、仕方がない。

「……もー、じゃあしたいことができたら、遠慮なく言っていいからねー」

すぐに母さんがいつもと変わらない柔らかい声色でそう言ったので、ほっとした。

ふと、母さんが観ていた動画を思い出す。

小学校五年生のとき、Lil' homies で初めてバトルに出ようという話になった。

本格的なバトルイベントではなく、市が主催する出場費無料の気楽なイベント。市民会館で開催され、観客はダンスと関わりのない一般人が多く、さらにそのほとんどが中高年以上だった。

　俺はそれまでダンスをしていることを、親父はもちろん母さんにも話していなかった。毎日遅くまで公園で練習していることやチームを組んでいること、そのメンバーでバトルに出ることなどを話すと、たまたま母さんが休みだったので観に来る流れになった。

　一回戦で負けた後、俺は人目をはばからず泣いた。

　悔しかったし幼かったとはいえ、なぜあそこまで泣いたのかは覚えていない。確かに自信があったウインドミルは失敗したが、初バトルの小学生にしては踊れた方だと、今なら思える。

　そんな俺を見て、母さんも泣いていた。

　前の晩も親父が暴れていたので、母さんの涙を拭う腕には青痣や煙草を押し付けられた火傷の跡があったことを、鮮明に覚えている。

「――ユウちゃーん」

　母さんの声で、俺は記憶の中から現実に引き戻された。

「……なんだよ」

　母さんは台所に立ち、すでに出来上がっている夕飯をよそってくれている。豚肉と味噌の香ばしい匂いがする。

「ユウちゃん、昔は泣き虫だったのに、今は泣かなくなったって言ったでしょー?」

「ああ、成長したんだよ」

「うん、そうかもー。でも確かに泣かなくなったけど、笑わなくもなったよ」

俺は不意にどきっとして、取り繕うように咳払いをした。

「……俺はもとから、めったに笑わない性格だよ」

「あはは、そうかもー。ユウちゃんはクールだもんね」

母さんはそう言って笑い、皿をテーブルに並べた。夕飯は秋茄子と豚肉の味噌炒めだった。ひと口に頬張ると、口の中いっぱいに塩辛さが広がった。勉強に疲れた脳が刺激される。

母さんはどんなに疲れていても、家事の手を抜かない。部屋はいつも綺麗だし、何度も「朝食なんて食べなくてもいいからまだ寝てろよ」と言っても、毎朝早起きして用意してくれる。

もうすぐ夕飯を食べ終えるという頃、母さんのスマホが鳴った。近隣の駅裏にあるエリザベッタの一店舗で何かトラブルが起きたようで、呼び出されたらしい。

バタバタと準備して家を出る母さんを見送り、俺はやりかけだった数学の問題集を開いた。

自習室では日向さんに教えてもらっていたので、いつもより捗った。しかし家で一人だといまいち進まない。集中できていない。

効率が悪いので、仕方なく問題集を閉じた。でも他にやることがなくて困った。

二　それでも諦められなくて腕を伸ばす

次の日。俺は明夫と一緒に学食を食べ終え、教室に戻ろうと、隣のA組の教室の前を通った。昼休みにもかかわらずまるでテスト中かのように静かだった。

不思議に思って窓から教室内を覗いた直後、ドン！　と鈍い音が聞こえた。

最後尾の窓際、端っこの席に片膝を立てて座っている金髪の女生徒が、机に拳を振り下ろした音だった。

「もごもご喋ってんじゃねーよ！」

「……ですから、日直の、子が……、神楽坂さんのノートを……」

金髪女子の話し相手は日向さんだった。ただでさえ猫背なのにいつも以上に背中を丸め、見るからに怯えている。

「ノートは持ってきてないって言ってんだろーが！」

「忘れたなら、本人が放課後に職員室へ行って、先生に謝るルールで……」

「うるせえな、めんどくせえ！　放課後は部活があんだよ！」

神楽坂さんと呼ばれる金髪女子はとても端整な顔立ちをしている。琥珀色の綺麗な目、小さな顔と細長い手足。今は眉を吊り上げているが、喋らずに穏やかに微笑んでいれば、どこかの国のお姫様だといわれても信じてしまいそうだ。

こんな子がいたのかと驚くと同時に、金髪って大丈夫なのか？　と疑問に思った。

「明夫、この学校って染髪オッケーなのか？」

隣にいる明夫に尋ねると、呆れ顔でため息をつかれてしまう。

「もちろん校則違反さ。まさか悠一郎くん、神楽坂カイトのことを知らないのかい？」

「知らない」

この口ぶり、どうやら有名人らしい。

「ご覧の通り、我が校一の美少女さ。ただ素行が悪い問題児で、金髪のことでよく先生と口論しているのを見かけるね。ダンス部に入っていて、そこの部長と付き合っているという噂だよ」

「ダンス部……」

「いけすかない集団さ。特に部長は不良のボスで、夜な夜な遊び歩いているらしい。いつもチャラチャラした格好をしていて、学校が勉強をする場所だということを忘れている愚か者どもさ」

　やけに攻撃的だな。

「明夫、ダンス部が嫌いなのか？」

「僕はモテそうな男がもれなく嫌いなのさ。その点、悠一郎くんは勉強一筋で好感が持てるよ」

　明夫の仲間意識が込められた視線を無視し、俺は再び教室の中に目を向ける。

「先生に、その、謝らないと。忘れましたって」

「何で私があんなクソ共に頭下げないといけねーんだよ！」

　日向さんと神楽坂はどちらも主張を曲げない。教室内にいる生徒たちや、外から遠巻きに見ている野次馬たちの緊張感が徐々に高まっていく。誰も止めようとはしない。神楽坂自体も怖いが、不良のボス格だというダンス部の部長の存在がそうさせているのだろう。

「ノートはねえよ。それでこの話は終わりだ。そもそもお前は日直じゃねえだろ」

「日直の子が、学級委員の私に言って欲しいって……」

「ああ？　何でだよ」

　神楽坂が、日向さんから少し離れて立っている女の子を睨む。その子はびくっと震え、顔を背けた。

「べ、別にいいじゃないですか。今は、私と神楽坂さんの話です」

　あらかた日向さんに押し付けたのだろう。学級委員とはいえ、気の弱い日向さんに頼る日直の子もどうかと思うが、当の日向さんが案外粘っていることが意外だった。こんなの、ノートを回収できなかった旨を教師に伝えればそれで終わりじゃないか。それから先は教師と神楽坂の問題だ。

　おそらく日向さんは、良く言うと責任感が強くて他人のために頑張れてしまうタイプ。悪く言えば要領が悪いお人好し、なのだ。

「怒られるのが怖いなら、私も一緒に職員室に行きますから」

「怖い？」

　神楽坂が椅子から立ち上がる。それを見て日直の子は一歩後退した。

「あんな腰抜け共が怖いだって？　私はどんな敵が相手でも、目を逸らさずにぶつかって来たんだよ！」

　神楽坂が声を張り上げる。その迫力に日向さんもたじろいだ。

「て、敵？」

「いいか、私に話しかけるな。お前とは生きてる世界が違えーんだ。勉強なんてクソくだらねえ」

「そ、その……、その話はよく分かりませんし、放課後の部活も大事でしょうけど、やっぱり学生は、まずは勉強してこそだと思います。たとえ嫌いでも、成績で評価されるので……確か、神楽坂さんはダンス部ですよね。ダンスなんかより、まずは勉強の方をしっかりしてから」

「……ダンスなんかより、だって……？」

そう呟いて、神楽坂の顔がすっと無表情に戻った。しかし怒りがおさまったわけではない。むしろ一つ段階を超えたように見える。先程の眉を吊り上げた顔より、明らかに今の方が怒気を放っている。

「……そりゃあお前にとっては、『ダンスなんかより』勉強の方が大事かもしれねえ。毎日大人に褒められて、さぞ気持ち良いだろ。そりゃ勉強も楽しいよな」

「た、楽しくなんか」

「楽しいだろ？　授業のたびに褒められてるじゃねえか。みんなも日向を見習えってよ」

「私は……」

日向さんが首を振る。

「私は……べ、別に……、勉強が楽しいわけじゃありません」

「あ？」

「私はしたいことがないから、ただ勉強してるだけです」

周囲が神楽坂の剣幕に押されている中、日向さんは目を泳がせながらもはっきり言った。

昨日の自習室での話だ。

「……ただ暇だから勉強してるってわけか？」

「そういうわけじゃ……」

「暇つぶしで勉強して学年一位になれて、そのうえで他人が本気でやってるダンスを馬鹿にしてるってことか？」

「ち、違……、っっ」

日向さんの返事の途中で、神楽坂が彼女の肩を突き飛ばした。ついに身体的な接触が発生してしまったことで、周囲の何人かが止めに入ろうとした。

しかし、神楽坂が次に放った言葉が意味不明で、全員の動きが止まる。

「バトルだ」

「……え？」

「二ヶ月後の文化祭、ダンス部のステージがある。その中の演目のひとつで、有志を募ってダンスバトルをする。それに出場(エントリー)しろよ」

むちゃくちゃだ。この場にいる誰もが思ったに違いない。神楽坂は続ける。

「お前みたいな奴(やつ)が一番嫌いなんだよ。私に勉強を強要するってことは、お前がダンスを強要されても構わないってことだ。違うか？」

「そ、そんなの屁理屈(へりくつ)じゃ……」

「たまたま勉強ができるからって調子に乗りやがって。捻(ひね)り潰(つぶ)してやるよ」

「そんな、私だって、努力して……」

「努力？　何が努力か知ってるか？　全身に痣をつくっても、路地裏で囲まれても、私はダンスをやめなかった。お前の暇つぶしが私の努力と一緒だって？　努力してないくせに、平気な顔で努力を語る奴は大嫌いなんだよ」

「それは……」

日向さんが言葉に詰まる。隣にいる明夫が、小さな声で聞いてきた。

「ダンスって、そんなに大変な世界なのかい？」

「さあ……俺は詳しくないけど、そんなことはないと思う」

発祥の歴史からしてアンダーグラウンドのカルチャーである以上、ある程度ストリートダンスが市民権を得た今でも、そのような仄暗いイメージはある。

しかしそれはあくまでイメージでしかなく、どの業界にも無法者はいて、ダンスも例外ではないというだけの話だと、少なくとも俺は思っている。

「お前は生まれつき人より勉強ができるだけだ。それで努力したつもりで調子にのって、周りを見下してるんだ。勉強ができたら楽だよな。お前の言う通り、学生は勉強ができれば文句を言われねえからよ」

「ち、ちが……」

「違うならダンスで証明しろよ。私はそのやり方しか知らねえ。無理だろ？　お前にとっちゃダンスなんかくだらねえもんな。見下してる奴と同じステージになんて立てねえだろ？」

日向さんは下唇を噛んで黙り込んだ。

昨日、俺に努力を褒められたときは純粋に嬉しそうだった。それなのに、今はその努力を真っ向から否定されている。

「……早く謝ればいいのに」

明夫が呟いた。俺も同意見だった。もちろん日向さんに悪気は無いのだろうが、言い方に問題があったのは事実だ。自分が最も大事にしているものを見下されて怒らない人はいない。さっさと謝ってやり過ごせば良いだけだ。

うつむいて震える日向さん。神楽坂がそれを見下ろす。

重たい沈黙が続く教室で、搾り出されたような弱々しい声が響いた。

「……出ます」

日向さんの声だった。

「は？」

「出ます。その、ダンス、バトルに」

その場にいた全員の頭に疑問符が浮かぶ。

聞き間違いか？

あの日向あかりが、ダンスバトルに出る？

「……お前、意味分かってんのか？」

言い出した側である神楽坂も困惑している。まさか承諾されるとは思っていなかったのだろう。

「はい。文化祭ですよね……」

日向さんの声は相変わらず震えていて、目も虚ろだ。

「はっ、冗談じゃねえぞ」

神楽坂は馬鹿にするように鼻で笑ったが、明らかに動揺している。きっと彼女としては、一言謝らせてこの場が収まったら満足だったに違いない。

「……ちっ、後悔すんなよっ」

そして何とも言えない表情で捨て台詞を吐き、教室を出た。途中で入り口の前にいた明夫に肩がぶつかった。

「邪魔なんだよ、デブ！」

「ひっ！」

明夫はびくっと体を跳ねさせ、高速で後ずさりして向かい側の壁に背中をぶつけた。頰を赤らめながら、神楽坂の揺れる金色の後ろ髪を目で追っている。

一方、日向さんは真っ青な顔で立ち尽くしていて、日直の女の子に謝られている。めったにない進学校の揉め事に、周囲は興奮気味にざわついている。

やがて昼休みの終わりを告げるチャイムが鳴り、俺を含めた野次馬たちは各々のクラスへ散って行った。


「二ヶ月後の文化祭で、日向あかりと神楽坂カイトがダンスバトルをするらしい」

いかにもキャッチーなこの話題は、一年生六クラス全てに瞬く間に広がった。

至る所でひそひそと噂され、そのほとんどは日向さんに同情的だ。優等生がヤンキーに晒し者にされてかわいそう、というのが大半の見解。

しかし同時に、日向さんの「勉強は暇つぶしだ」という発言も切り取られ、噂となっている。一部ではそれに対し憤りを感じている層もいるらしい。

「自業自得だよ」

明夫が言った。彼もその一人だ。

「いや、努力はしてると思うぞ。そう見えないだけで」

「どうだか。それに最終的にダンスバトルに出るって決めたのは日向あかりじゃないか。本当に嫌なら嘘でも頭を下げればよかったはずさ」

「それはそうだが……」

「あそこまで意地を張るなんて賢くないよ」

　確かに違和感はあった。素人で、しかも日向さんのようなタイプが文化祭でダンスバトルなんて。もちろん、ダンス歴何ヶ月以上なら出ても良いというような明確な線引きはないものの、二ヶ月程度の経験で、彼女のような立ち位置では、面白おかしくいじられて、嘲笑されるに決まっている。

　昨今のSNS時代では、動画を撮られて拡散されたあげく卒業まで引き摺られて大惨事になることも予想できる。悪趣味なショーだ。

「むしろかわいそうなのは神楽坂カイトさ。きっといろんな苦労をしてきたんだろうね。あの刺々しい態度も、厳しい環境の中で自分の身を守るために強がるしかなかったせいだと思うと、肯定的に見えてくるよ」

「やけに神楽坂の肩を持つな」

「ぶつかったときにね、彼女の体がびっくりするほど細かったんだ。女の子なんだなって実感したのさ。あと髪も良い匂いがしたし」

　明夫は恍惚とした表情で遠くを見つめる。

「つまりかわいい子に触れて惚れたってことだろ」

「むっ、いくら僕が童貞だからってそんなに単純じゃないよ」

「童貞だなんて言ってないぞ」

「ちっ。誘導尋問とは恐れ入ったよ」

逆恨みで睨みつける明夫を無視し、俺は手元の単語帳に目を落とした。

――なぜ日向さんは、バトルに出ることにしたのだろうか。

明夫の言う通り、それを決めたのは彼女自身だ。無理なことは誰よりも分かっているはずなのに。

いつもなら他人事（ひとごと）として割り切るのに、なぜか無性に気になった。

放課後、いつも通り自習室を訪れた。

中には誰もいない。どこのクラスも文化祭の準備が本格的に始まったからだろう。

俺は勉強が忙しいという理由でほとんどの作業を断っている。罪悪感はあるが、今の俺にとって勉強が最優先だ。

クラスメイトたちも、普段から勉強に明け暮れる俺の姿を見ているからか、作業の強要はしなかった。気を使っているというよりは、無視に近いニュアンスだ。別にそれが嫌だとは思わない。馴（な）れ合うつもりはないので、むしろ都合の良い立ち位置を確立できたと思っている。

「遊間くん」

てっきり誰もいないと思ったが、端っこの席に日向さんが座っていた。相変わらず存在感が薄い。俺は彼女の横に鞄を置いた。持っていたスマートフォンを机に置き、ワイヤレスイヤホンを耳から外した。

「大変みたいだけど大丈夫？」

俺の質問に、彼女は苦笑しながら答える。

「昼休みの件ですよね。神楽坂さんを怒らせてしまいました。私の言い方に問題があったことは自覚してるので……反省しています」

「文化祭、本気なのか？　ダンスバトルって何か分かってる？」

日向さんがぐっと顔を強張らせ、小さく頷く。

「テレビでちょっとだけ。でも、ほとんど知りませんでした。なので今、勉強してるんです」

そう答えて、スマホ画面を見せてきた。まさにダンスバトルの動画を観ている最中だったらしい。

驚くことに、それはＷＤＳの決勝戦、Lil' homies対アメリカ代表のバトルだった。

「そ、それ……」

俺は慌ててボサボサに伸びた前髪を下に引っ張って、少しでも顔が隠れるようにした。

彼女のいつも通りの様子から、俺がその動画の中にいることには気付いていないようだ。

「ダンスバトルについてネットで調べてみたら、この動画が出てきたんです。初めてちゃんと観たんですが、とても面白くて」

そう言って、無音で映像だけが流れているスマホ画面を見下ろす。

「この日本のチーム、全員中学生なのに世界一になったそうです。すごいですよね。東京の子たちなんですけど、私たちと同い年だそうですよ」

「そ、そうなのか」

鼓動が早まる。もし本人だと気付かれて、ダンスのことを色々聞かれたら面倒だ。関わることになったら勉強する時間が削がれてしまう。

「神楽坂さんが言っていた『どんな敵でも目を逸らさずにぶつかってきた』って、まさにこういうことなんでしょうね」

「……は？」

日向さんが目を細めて呟く。意味が分からなくて、思わず聞き返した。

「相手のアメリカチーム、みんな大きくてとっても怖そうなのに、この子たちは堂々としています。喧嘩や力比べになったらすぐ負けちゃうのかもしれないけれど、ダンスバトルっていう競技なら、年齢も人種も性別も関係なく同じ舞台で戦えるって考えたら、すごい世界ですよね。そんなスポーツって他に無いじゃないですか。神楽坂さんは、こんな世界に生きてるんだ」

まず俺が驚いたのは、日向さんがこんなに長い時間を淀みなく喋ったことに対してだった。いつもの陰鬱さはなく、まるでアニメ観賞をしている子供のように画面に釘付けになっている。

「あ！　遊間くんが言っていた『天才』っていうのも何となく理解できました。きっと、この子たちのことを言うんですよね」

「それは……えっと」

「だってこの子たちは全員、緊張して怖がるどころか、心の底から楽しそうにダンスをしていいます。きっとダンスが楽しくてしょうがないんでしょうね。普通の人だったら辛くて苦しいことでも夢中で楽しめるのが、天才の条件でしょう？」

俺が返答に困ってとりあえず頷くと、日向さんは「やっぱり」と小さく呟いて、メガネの奥のまぶたをぱちぱちと動かした。

Lil' homies のメンバーは間違いなく天才だ。

実力や結果はもちろん、精神性も成長速度も、全てが並外れていた。

彼女の言う通り、決勝の舞台でも普段の練習以上に伸び伸びと踊っていた。

その中で俺だけは必死だった。夢中になれるほどの余裕は無かった。

どうすれば主導権を摑めるか、どのタイミングでどの連携を使うのが最も有効か。DJ

がランダムに流す曲に対して、五人のうち誰を出すのが最適か、全員の調子、得意な音楽やダンススタイルから、相手のムーブに対応しつつ個人個人が最大限実力を発揮するにはどう組み立てるべきか。

世界一がかかった場面で、凡人である俺の指示通りに動く天才たち。その責任、重圧。とても楽しめる状況ではなかった。考えることでしか貢献できなかったから。そんな俺の苦労なんて、チームの誰も知らなかっただろう。

「日向さん、全員……、全員が天才って言ったよな。楽しそうって」

「はい？　はい、五人とも」

俺はダンスをやめる二年ほど前から、自分の動画を観なくなっていた。チームメイトとの差を実感して辛くなるからだ。もちろんやめた今も観ていない。母さんが観ていたら無理矢理止めるほどだ。

だから、自分がこの決勝戦でどんな顔をしていたのかは知らない。今だってうまく画面に目の焦点を合わせられない。この状況じゃ二人で動画を眺めるのが自然なのに。

「その……、日向さん。一人、日本チームに違和感がある奴がいるだろ」

「違和感？」

「その、他の四人に比べて地味というか」

「地味？」

「真顔の」

「真顔？」

全くピンときていないようだ。

「遊間くんもこの動画を観たことがあるんですか？」

「あー、たまたま、一回だけな」

「観る人によって感想が違うのかもしれません。私は本当に素人なので」

確かに素人のうちはどんな技でもすごく見えてしまう。でも今は技術の話ではなく「楽しんでいるように見えるか」という、抽象的な印象の話だ。

「遊間くん、誰のことか指で差してもらえますか？」

俺はなるべくピントを合わせないようにしつつ、チームの一番後ろにいる自分らしきシルエットを指さした。

「こ、これ」

「えっ……、この子が地味？　……でも言われてみれば他の子よりは出番が少ないかも」

日向さんはそう言った後、思い出したように続ける。

「私、この動画を観るのはもう三回目なんですけど、この子の一ターン目の高く跳んで回転する技、凄（すご）かったです。十分間のバトルを通して一番盛り上がってました。下の方で全員がだだだだってまるで一つの塊みたいに細かく合わせた後に、一人だけすぽーんと飛び上がって、ふわっと回って。思わず鳥肌がぶわーっとなって」

学力は高いはずなのに、まるで語彙力のない小学生のような感想だ。間違いなく伸身宙返りのことだろう。チームの連携の中で、俺が唯一メインで目立つアクロバット。

　確かにそれが一番の盛り上がりだったのは事実。とはいえ、この中の誰であっても、練習さえすれば俺の代わりはできる。いや、もしかしたら練習せずとも、ぶっつけ本番でできてしまうかもしれない。

「それにたぶん、この人はリーダーなんだと思います」

「は？」

　耳を疑う発言だ。盛り上がりの判断ならまだしも、この動画だけを観てそんなことまで分かるはずがない。

「何でそう思うんだ？」

「確かではないんですが……、味方も敵もこの人のことをよく注視しているし、チームメイトが踊る前と踊り終わった後、必ず一人ひとりに声をかけてます。みんなこの人を頼りにしてるし、敵からは警戒されてるって感じです。よく会場を見渡していて、音楽が変わったときなんかは敏感に反応してます」

　言葉が出なかった。

よくわからない、衝撃みたいなものを感じていた。心臓をぐっと掴まれたみたいだ。

「……だ、大丈夫ですか？」

　気が付くと目の前に日向さんの顔があった。至近距離で下から覗き込まれる。

「うわっ」

　慌ててのけぞった。どくん、どくんと自分の鼓動が聴こえた。日向さんはおどおどしながら椅子に座り直す。

「す、すいません」

「ごめん、大丈夫だ」

「そうですか、なら良かったです。あ、遊間くん、もしダンスに詳しいなら、他に観た方が良いダンスバトルの動画とか、教えてくれませんか？」

「……いや、分からないな。詳しくないから」

「そうですか……、そうですよね」

「なんで」

「え？」

「なんで、ダンスバトルに出ようと思ったんだ？」

　立ちっぱなしだった俺は、彼女の横に腰かける。ずっと気になっていたことを尋ねた。

「だって、無理だろ。素人が二ヶ月で全校生徒の前でバトルだなんて。日向さんってそんなタイプじゃないだろ」

すると、返ってきたのはあまりにも意外すぎる答えだった。

「それは……遊間くんのおかげです」

「は？」

意味が分からない。

「昨日、ここで話したじゃないですか。努力家だって褒めてもらえて、嬉しかったんです。そのあと、心から夢中になれるものが見つかるといいな、とも言ってくれました」

「確かに言ったけど」

日向さんが自分の前髪を耳にかける。分厚いメガネの奥にある瞳（ひとみ）が、ゆるやかなカーブを描く。

「それで、思ったんです。変わりたいなって。好きなものを見つけて、一生懸命になりたいって。胸を張って、これが好きで努力してるんだって言えるようなものが欲しいって。そのためにも、いろんなことに関わってみようって思ったんです」

日向さんの声は小さいながらも力強く、二人きりの自習室の空気をかすかに震わせていた。

「だから日直の子に押し付けられてるなーとは思ったんですけど、きっかけになると思って、神楽坂さんに話しかけてみたんです。彼女は私の知らないことをたくさん知ってそうで、もし知り合いになれたら、遊間くんのときみたいにいろんなことに気付ける気がして。

結果的に、仲良くはなれませんでしたけど……」

そうして自分の指先を見つめ、肩を落としたが、すぐに顔を上げる。

「ダンスバトルは、もちろん九十九パーセントは恐怖です。けれど、一パーセントは楽しみなんです。私なんかがこんなこと、むちゃくちゃだけど、ありえないけれど……、でも、何か変われるのかもって。おかげでこの動画に出会えました。遊間くん、ありがとうございます」

――俺のおかげ。

俺は声に出さず、口だけ動かせて復唱した。そしてすぐに頭の中で訂正する。

違う。

俺のせい、だ。

どう考えても、全校生徒の前で日向さんが恥をかかずに終わる姿はイメージできない。人前で踊るというのは大変なことだ。しかも初めてで、味方もいない中で、たった二ヶ月で。こうして希望を抱いてしまっている分、失敗したときはより大きなダメージを受けるだろう。もう誰とも関わりたくないと思うかもしれない。

俺の軽はずみで、無責任な発言のせいで。

「あ、遊間くん、今日も勉強しに来たんですよね。良かったらまた教えましょうか？」

俺が抱える罪悪感には気付かず、日向さんはどこか嬉しそうに言った。

そんな彼女を見て、俺のことなんかを気にする暇があるなら、どうすればバトルに出ないで済むか考えるべきだろう、呑気な人だ、と思った。

「……今日はいいよ。自分の力でやってみる」

「そうですか。分からないことがあったらいつでも聞いて下さいね」

そうして俺は勉強を、日向さんはダンス動画を観始めた。

彼女は俺が勉強している三時間もの間、一言も声を発さずひたすら動画を流し続けていた。瞳に映像の中の照明が映り込み、光彩を放っていた。

初めたばかりの頃、ダンス動画を食い入るように観ていた自分の姿を思い出す。

無性にいらいらする。その理由は罪悪感だけじゃない気がする。

じゃあ何なのか？

分からない。問題集をいくら解き進めても、その答えは見つからなかった。


次の日の放課後も自習室で勉強をした。日向さんは来なかった。静かで集中しやすい環境だったにもかかわらず、いまいち捗らなかった。

やがて日が傾き、空が赤く染まり始める頃、帰宅すべく渡り廊下を歩いていると、窓の外から音楽が聴こえてきた。

「この曲は……」

ローテンポのR&B。確か『PINK MONEY - Pink Sweat$』だ。

ダンス部や軽音楽部の類かもしれないが、普段はここで音楽を聞いたことがないので、もしかしたら日向さんが練習しているのかもしれない。でも、こんな大きな音を出していたら誰かしらに注意されてしまう。

ダンスと騒音問題はセットだ。音楽がなければダンスはできないが、ダンサー以外にとっては騒音でしかない。良い練習場所があっても苦情がきたら使えなくなる。

だからストリートダンサーは神経質なまでに周囲に気を使って練習する。たまに大音量を響かせ、ゴミの片付けなんかもしない無法者がいるが、そんな人間はダンサーからも嫌われるし、たいして上手くもなれない。自分を客観視できない者は三流止まりが常だ。

関わらないと決めてはいるが、せめて音量だけは気をつけるように釘を刺しておこうと思い、俺は音楽が聴こえる方へ向かった。

そこにいたのは、やはり日向さんだった。

「困るんだよなあ」

しかし先に別の人に注意されたようだ。俺が来たときには、すでに上下ジャージの男子生徒が地面に置かれていた筒型のワイヤレススピーカーを持ち上げ、一時停止のボタンを押したところだった。

「な、何でしょうか？」

日向さんはいかにも警戒している様子で、体を横に向けながら尋ねた。体操服が汗だくで、呼吸が荒い。たった今まで練習していたのだろう。

「こういうことされて、苦情が来るのはダンス部なんだよ」

上下ジャージの男は、百八十センチ以上ありそうな上背に、ブランドもののジャージの上からでも分かるくらい体格が良い。垢抜けていて、俺や日向さんより年上なのは間違いない。

騒音に関しては彼女が悪いものの、態度が威圧的だ。俺は本来なら注意する必要は無くなったので帰るべきだが、いざというときのために隠れて様子を窺った。

「苦情、ですか？」

「騒音の苦情だよ。俺らダンス部は練習場所が決まってるから、そこ以外では音楽を流しちゃいけない決まりなんだ。他所から見れば、たとえ部外者でもダンスの練習をしていたらダンス部だって決めつけられるだろ？」

それを聞いて、日向さんは慌てて頭を下げる。

「あ……！　その、すいません。私、何も考えてなくて」

「いいから。分かれば大丈夫だから」

ジャージ男はにっこりと微笑んだ。どうやらダンス部員らしい。言い分も至極真っ当だ。

「でも、そうなると……練習する場所がなくて。私、二ヶ月後の文化祭の、ダンスバトルに出たいんですけど」

「ああ、ダンス部の。それは大変だねえ」

「はい……。さっきダンス部に入部しようとしたら、断られてしまって……」

神楽坂とのいざこざがあるのに、堂々とダンス部に入ろうとしたのか。大した度胸だ。

まあ、確かに素人が一人で練習するよりは賢明な判断と言える。

「変だな。ダンス部はいつでも入部歓迎なんだけどなあ」

ジャージ男が不思議そうに首を傾げた。

「え、でも、私は断られて……」

「もしかしたら何か手違いがあったかもしれない。じゃあ今から入部テストをしてあげようか。何を練習してたんだ？」

「あ、はい！　ランニングマンと、クラブっていうステップを練習中です」

「じゃあやってみな。それで良い感じだったら、俺から部長に進言するから」

「はい、ありがとうございます！」

日向さんは、背中越しでも表情が分かるほど明るい声で「いきます」と言い、両腕を前に出して構えた。

そして音楽無しのまま、ランニングマンをし始める。ざっ、ざっ、ざっとコンクリートの床を擦(こす)る靴の音が響く。

ランニングマンは、ヒップホップダンスの基礎的なステップのひとつだ。

前に伸ばした両腕を引きつけながらその場で片足を上げ下げし、同時に地面についている足を後ろにスライドさせる。これを左右交互に素早く繰り返す。基礎ではあるものの奥は深い。バリエーションも多く、音楽に合わせてカッコ良く踊るにはそれなりに練習が必要だ。

「はあ、はあ、……ど、どうですかっ?」

日向さんがランニングマンをしながら尋ねる。

当たり前だが、彼女は下手(へた)だった。

カクカクとした動きで、手足もバラバラだ。動きも小さい。キレもなければリズムも曖昧(あいまい)。とにかく形を真似(まね)ているという感じ。

「……ぷっ。続けて」

ジャージ男が口元を押さえて、手で払うように言った。

「はいっ」

鼻につく態度だが、日向さんは全く気にしていないようだ。入部するため健気(けなげ)に続ける。

しかしすぐに膝が上がらなくなり、足音より呼吸音の方が大きくなる。今まで大した運動をしていなかっただろうから、体力がないのだ。

「はあ、はあ……」

「次、クラブ！」

「……はいっ」

ジャージ男の指示で、間髪入れずに次のステップへ移行する。

クラブは、両足の爪先と踵に対称の動きをさせて重心移動し、左右に動くステップだ。

「はっ、はっ、はっ……」

日向さんが小刻みに息を吐き出しながら、内股とがに股を繰り返す。左右の三つ編みが振り子のように揺れ、汗の滴が舞う。

足をメインに使うステップなので、足下をじっと見つめ、背中を丸めながら必死に動いている。

どの技にも言えることだが、ステップに大事なのは手足をそれらしく動かすことではない。どれだけ体幹でリズムを取れるか、だ。ダンスにおける体幹とは首、肩、胸、腰。それらから波及する力が手足に伝わり、初めて「リズムに乗っている」感じが出る。

曲の有無は関係なく、リズムに乗っている人のダンスを観れば、その人の体から音楽が聴こえてくるといっても過言ではない。

ただ手足などの末端を動かすだけではダンスとは言えない。そこに気付けなければ、永遠に初心者だ。

「あー、いいね。上手い」

ジャージ男が拍手した。ぱちぱちと乾いた音が響く。

それを聞いた日向さんは動きを止めた。そのまま崩れ落ちそうになる体を、両膝に手をついて支える。

「はっ、はっ、はっ……、本当、ですか……、あ、ありがとう、ございます……っ」

本当なわけがない。あのダンスを上手いだなんて目が腐っている。上手くなりたいと真剣に思っている人に、そんな気休めを言っても何の意味もない。

そこで俺は、ジャージ男の狙いが分かってきた。

「ああ、始めたてとは思えない。才能あるんじゃないか？」

「才能なんて、とんでもないですっ！　じゃ、じゃあその、ダンス部に……」

そう言いかけた日向さんだが、次の瞬間「ひっ！」と短い悲鳴をあげた。

ジャージ男が表情を変えずに、突然持っていた筒型スピーカーを壁に叩きつけたからだ。

ロング缶ほどの大きさのスピーカーは、鈍い音を立ててコンクリートの壁にぶつかり、地面に転がった。角がへこんでいる。間違いなく壊れただろう。

「いや、ホントホント、天才だよ。だからもう練習する必要はない。そのまま文化祭のバトルに臨めよ。そうしたら最高のショーになる。間違いなく大盛り上がりだよ。逃げるなよ、ブス。ハハッ」

ジャージ男が笑った。日向さんは自分の体を守るように両腕を上げたまま静止している。言葉が理解できていない。声も出せずに首だけを動かして、ジャージ男と壊れたスピーカーを交互に見比べている。

「――部長！」

そんな中、向こう側から神楽坂が駆け寄ってきた。

「おう、カイトか。もっと早く来れば、面白いものが見れたのによ」

神楽坂はダンス部の練習終わりのようで、キャップを深く被り、スウェットパーカーにバスケットパンツ姿だった。

「部長！　何やってるんすか……！」

「お前が言ってた女に、アドバイスしてあげたんだよ。もう練習しなくていいってな」

「何でそんなことを……っ！」

「下手なダサい素人を先に踊らせておけば、その後に踊る俺たちがよりかっこ良く見えるだろ。だから上手くなられたら困るんだよ」

「……！　まだ、日向は出るって決まったわけじゃ」

「いや、出てもらうぜ。逃げるなよ下手くそ。あ、天才だったか。くく」

ジャージ男はどうやら部長らしい。

日向さんは騙されていたこと、才能があるというのは嘘だったことに気付いたようで、体操服のズボンの両側をぎゅっと握りしめる手が震えている。

「じゃ、じゃあ、入部を断ったのは……」

「ああ、元々この時期は文化祭で目立ちたいだけの半端者が入部志願してくるから、厳しくしてるんだ。素人なんてもっての外だ。ましてやお前みたいなダサい女を入れたところで何のメリットもねーし」

「そんな……、入部テストだ、って」

「あー、そういやそんな話だったな。じゃあ結果発表だ。不合格。はい終わり」

「ひどい……」

日向さんの声が潤む。疲労と落胆で今にも崩れ落ちそうだ。ダンス部の部長はそんな様をにやにやと見下ろし、その後ろで神楽坂が気まずそうにしている。

俺は腹が立ってしょうがなかった。先程までは一見爽やかなスポーツマンという感じだったのに、中身は陰湿なクソ野郎じゃないか。

素人が下手なのは当然だ。

誰もがそこを始まりとして努力を重ね、成長していく。

あの部長だって、ダンサーの端くれならそんなことは当然知っているはず。それなのに頑張っている人を馬鹿にするなんて。

けれど同時に、安心もしていた。

これで日向さんは、もうダンスバトルに出たいなんて思わないだろう。スピーカーを壊されたのはただただムカつくが、高い授業料だと思うしかない。おかげで全校生徒の前で恥をかくことも無くなる。

ダンスを始めるなら、ちゃんとしたスクールにでも通って、ゆっくり時間をかけて趣味として始めればいい。この件はこれで終わりだ。

しかしそうはならなかった。日向さんが言った。

「あの……、入部できないことは分かりました。じゃあ、さっきのランニングマンとクラブ、どうでしたか？　何か改善点はありますか？」

「……は？」

部長が呆気にとられて聞き返す。

「あと、学外での練習場所、どこか知っていますか……？」

腰が引けていて、小動物のように怯えているにもかかわらず、日向さんは質問を続ける。見た目と発言が合っていない。部長は不気味そうに怪訝な顔をした。

「もういいだろ、日向！　お前バカにされてんだよ！　いい加減諦めろよ！」

神楽坂が叫んだ。しかし日向さんは首を振る。

「……いいえ、諦めません。全然思い通りに動けないし、いつまでも上手くならないかもしれないけれど、今はまだ、もっと他の技も知りたい、もっとダンスをしたいって思います。あの五人もきっと、始めたばかりのときはこんな気持ちだったのかなあって、思うんです」

「あの五人？」

神楽坂は眉をひそめた。横で部長が吹き出して笑う。

「……ぷはっ！　そもそもダンスにもなってねえから、お前。ま、とにかく校内では練習するなよ。普通に迷惑なんだよ、下手くそ」

そうして向こう側に一人で歩いて行く。神楽坂は何か言いたげだったが、結局口をつぐんで去って行った。

一人になった日向さんは、へなへなと脱力しながらその場に座り込んだ。

間を置いて、慌ててスピーカーを拾いに行く。へこんでいる部分を手でさすって、肩を落とした。

「日向さん」

そこで、俺は声をかけた。

彼女は、背を向けたまま肩をびくっと震わせ、メガネを上にずらし、手首の付け根で目元を擦るようなしぐさをして立ち上がった。こちらを振り向きながら、壊れたスピーカーは背中に隠した。

「遊間くん、今日も自習室にいたんですか？」

一部始終を見られていたとは思ってないようで、ぎこちない笑顔で平静を装っている。

俺は日向さんの質問に答えずに言った。

「さっきの、見てた」

すると彼女の表情は一変し、瞳からじわじわと涙が浮かび上がってきて、ぽろぽろと溢(こぼ)れ出た。

「恥ずかしいところを見せてしまって、すいません……。仕方ないですよね。へ、下手だし。運動神経も悪いし……、部長さんが言う通り、迷惑だし。でも、でも……」

指で涙を拭(ぬぐ)う。言葉に詰まりながらも、体の奥底から吐き出すように叫ぶ。

「……下手くそで、才能もないけど……、でも、私だってダンスがしたい……っ。上手くなりたいんです……！　それが、そんなにいけないことなんですか……っ」

日向さんの瞳に溜まる滴に、夕陽(ゆうひ)の朱色が反射している。

汗で髪が額に張り付き、きゅっと唇を結び、壊れたスピーカーを胸に抱きしめて震えている。

そんな彼女を見て、考える。

泣くほど悔しくて、己の無力さを自覚して。

それでも諦められなくて腕を伸ばす。

そんな日が、俺にもあったはずだ。

「始めたばかりなんだから下手で当たり前だよ」

なんて単純な慰めをしたり、

「ダンスの他にも楽しいことはあるさ」

と諦めを促すことは簡単だ。

「スピーカーを壊されたことを先生にチクリに行こう」

と言って罰してもらうのもいい。

しかし、俺の口からこぼれ出た言葉は、最も効率が悪い提案だった。

「日向さん。俺がダンスを教えるよ。文化祭で、あいつをぶっ倒そう」

彼女はうつむいていた泣き顔を上げ、洟(はな)をすすりながら聞き返した。

「遊間くんが、ダンスを……!?」

「黙っててごめん。俺、本当は昔ダンスをしてたんだ。俺自身はたいしたことないけど、今のところ俺が教えた奴は全員上手くなってる。日向さんもそいつらと似てる。絶対上手くなれる。俺が保証する」

彼女は嗚咽(おえつ)しながら、メガネを持ち上げて、二度三度と袖(そで)で顔を拭った。そして、うんうんと何度も頷く。

「はい……！　がんばります……、なので、教えて下さい、遊間くん……っ！」

ダンスを教えるのは、Lil' homies の四人以来だ。

四人とも飛び抜けた才能を持っていて、一年も経たずに俺を追い抜いてしまった。

日向さんのランニングマンとクラブは、部長が言っていたように、全くダンスになっていない。

もし人並み以上にセンスがあったとしたら、初心者でも集中して一日練習すれば完璧は無理でも、もう少し形は整う。彼女はセンスが無い方だと言っていい。

でも、それよりも大事なものを持っている。

ダンスが楽しくてしょうがないこと。

泣かされて、スピーカーを壊され、嘲笑されても、まだ懲りずに続けたいと思えること。

普通だったら物怖じする場面でも、夢中になって飛び込めること。

それらがあれば、たとえ二ヶ月という期限付きでも関係ない。

Lil' homies のリーダー、ユウの名にかけて。

日向さんのダンスで、ダンス部をぶっ潰すことを誓った。

三　お前らみたいになりたかったんだよ

日向さんとメッセージアプリのIDを交換した後、俺は家に帰って公立九葉高校ダンス部で検索してみた。すると今年の五月に行われた、大手芸能プロダクションが主催する「全国高校生ダンスコンテスト」の九州予選の動画が出てきた。

これは各校のダンス部が三分間のショーを披露して競うコンテスト形式の大会で、地方予選を勝ち上がり、さらに全国大会で優勝すれば、高校の部活としては日本一の称号を手にする。野球でいう甲子園のようなものと思っていいだろう。

俺にとって「部活としてのダンス」は馴染みがないので知らなかったが、全国の高校ダンス部は基本的にこの大会で優勝することを目標にしているようだ。

九州予選だけで六十もの高校がエントリーしていて、各地方を合計すると七百を超える規模だ。意外と多い。今や高校にダンス部が存在し、大会に挑戦するというのはわりと当たり前のことらしい。

公式ホームページのトップ画面にある動画をタップする直前でためらい、指を止めた。

ダンスをやめてから今まで、ダンス動画を観ないようにしていた。四月にあった部活紹介も仮病を使って保健室に逃げたし、意識的に遠ざけてきた。

しかし日向さんを勝たせると決めた以上は、敵の分析をしないわけにはいかない。深呼吸し、覚悟を決めて再生した。

それは九州予選のダイジェスト動画だった。九葉高校は予選敗退だったようで、入賞できなかった高校のひとつとして十秒ほどしか映っていなかった。

その部分を何度も繰り返し再生する。二十人ほどがグレーのスウェットのセットアップを衣装として合わせ、タイトな陣形で激しいヒップホップダンスを踊っている。

まず抱いた印象は「思ったよりも上手い」だった。練習量が見えるし、この人数でここまで振り付けを揃えるのは大変なことだ。バトルシーンを主戦場としていた俺からすれば、十人以上の人数で振り付けを揃えているというだけで感心する。

途中、あの憎たらしい部長のソロパートがあった。ポジションもセンターが多いし、基本的に部長一人が目立つように構成されている。

でも、どれだけ部長が良い位置にいようと、目が追うのは端っこにいる別のダンサーだ。

「神楽坂カイト、か……。東京では聞いたことなかったな」

彼女のダンスは、明らかに異彩を放っていた。大会が五月ということは入学してすぐなので、振り付けや構成自体は入学式前には決まっていたはず。おそらく、あまりの上手さに急遽選抜されたのだ。そのせいで浮いている。細かいところが合っていない。とはいえ他人の振り付けだろうと、練習不足だろうと、神楽坂の方が音楽に合っているのは観る人が観れば一目瞭然だ。

細かい音どり、動きのしなやかさ、ふとしたしぐさ。本来なら視線誘導されなければならないはずの部長が気の毒なほど、神楽坂ひとりを目で追ってしまう。

九葉高校ダンス部の中で最も上手いのは当然として、ダイジェスト動画と入賞校の動画、全て通して観ても神楽坂以上のダンサーは見当たらない。事実として、いくつかある個人賞の獲得者の中に神楽坂の名前があった。

文化祭のバトルの詳細は分からないが、チームやペアではなく個人で有志を募っているので、とりあえずソロバトル形式だろう。部長と直接対決して勝つのが理想だが、当たれるとは限らない。間違いないのは優勝することだ。

ということは、目標は「神楽坂に勝てる」ラインに設定すべきだ。そうすればダンス部の誰が来ても問題ない。

「たった二ヶ月で初心者がこれに勝つ、か……」

正直イメージは湧かない。頭を抱えてしまう。

「ただいまぁー」

おもむろに扉が開き、気の抜けた声がした。母さんが仕事を終えて帰宅したようだ。俺は慌てて動画を消し、勉強をしている振りをする。

「おかえり」

いつも通りの表情と声のトーンで言ったはずだった。それなのに、母さんは不思議そうに俺に詰め寄り、顔を覗き込んできた。

「あらあらユウちゃん、何かいいことでもあったのー？」

「は？　何で」

「なんか楽しそー。昔はよくそんな顔してたよおー」

「勉強が楽しいんだよ」

そう答えると、母さんは肌寒そうに二の腕をかさかさとさすった。

「私は記号を見ただけで鳥肌が立つのにいー。本当に私の子？」

「俺もそうだったよ。もう慣れたんだ」

「ええー無理ー。私の前では勉強しないでよーう」

「どういう親だよ。普通勉強しろって言うだろ」

「あ、鳥肌を触ってたら鶏皮が食べたくなってきちゃった。まだスーパーに残ってるかな？」

一体何の話だ。

「明日にしろよ。買いに行く時間がもったいないだろ」

「私は食べたいときに食べたいものを食べるのー。我慢する方がもったいないよ。行ってきまーす。ついでにケーキも買っちゃおー」

母さんはたった今帰ってきたばかりなのに、再びパンプスを履いて出て行った。俺は呆れながらも、母さんの言葉が引っかかっていた。

——楽しそう？　神楽坂の壁の高さに途方に暮れていたのに。

そもそも俺はダンスが嫌いなんだから、楽しそうになんてするわけがない。


その夜、昔の夢を見た。ダンスをしていた頃は頻繁に見ていたので、これは夢だとすぐに分かった。

場所は東京の地下のクラブで、小学六年生のときに参加した十五歳以下限定のソロバトルイベント。Lil' homies は五人ともそれぞれエントリーしていた。

俺はダンスを始めて二年ほど、他の四人は一年が経ったくらいだ。後から知ったことだが、何度かバトルには出ていたが、まだたいした成績は残せていなかった。「小学生にしてはそこそこ上手い奴らがいる」程度には噂になっていたらしい。

トーナメント形式の二回戦目、俺の対戦相手は恭介。直接戦うのは初めてだった。

フロア内で相対した恭介は、その場でぴょんぴょん飛び跳ねながら満面の笑みを浮かべている。

いざバトルが始まって音楽がかかると、恭介は待ちきれなかったとばかりに飛び出した。スキップするような軽快な足取りでフロアを一周し、トップロックという基礎的な立ち技から、床に手をついて足技(フットワーク)に入る。関節を柔らかく使い、複雑に両足を絡ませていく。

さらに寝転がり、大きく足を旋回させるウインドミル、そこからスムーズな流れで三点倒立に移行し、頭で高速回転するヘッドスピンをした。最後は逆立ちでビシっと止まり、ポーズを決めて静止(フリーズ)する。お手本のようなブレイクダンスのムーブだ。

スキップまではぼんやりと眺めていた観客は、いつのまにか前のめりになっていた。フリーズを決めた瞬間は、あちこちで歓声や手が上がっていた。

恭介がここまで空気を摑(つか)めたのは、小学生が難易度の高い技をノーミスで成功させたこともあるが、何より恭介の全身から滲(にじ)み出る「ダンスが楽しくて仕方がない」という気持ちが観客に伝わったからだ。

音楽へのアプローチやボディコントロールのセンスが高いことには気付いていたものの、俺が恭介の最大の武器は「楽しむ力」なのだと強く認識したのはこの瞬間だった。

ダンスはスポーツ的な面もあるが、表現でもある。技の難易度だけでなく、その人の感情や考え方、こだわりなどをさらけ出し、ぶつけ合うのがダンスバトルだ。

恭介が披露した技は全て俺が教えたもの。当然俺にもできる。ところが、俺が恭介の技をなぞってもこれほど沸くことはない。技に乗せる「楽しい」という感情の部分で劣るからだ。

目の前で、恭介が笑顔で手招きしている。無邪気に、期待した表情を浮かべて。

――負けたくない。

俺の方が先にダンスを始めたんだ。

恭介より俺の方がたくさん動画を観て研究したし、曲も知っている。技も持っている。上手くなるためにいろいろ考えて、きつい練習をしている。

俺は拳（こぶし）を握りしめる。

踏み出せ、一歩を。

恭介に勝つために。お互いをぶつけ合って、今この瞬間を楽しむために。

そう思ってはいるのに、体は動かない。足の裏が地面に貼（は）り付いているかのようだった。

結果的に、このバトルは負けた。これ以降も、俺が恭介に勝つことはなかった。

この場面で、もし心から楽しむことが出来ていたら。

勝ち負けはどうあれ、今でもLil' homiesとして、あの天才たちと肩を並べて戦えていたのかもしれない。

目を覚ました俺は、天井を見つめながらそう思った。

土日を挟んだ月曜日。登校すると、廊下が騒々しかった。

またA組の教室の前で人だかりができている。このクラスじゃなくて良かったと心から思う。何度もこんなことがあると集中して勉強できない。俺はB組に向かうため集団を素通りしようとしたが、その中に明夫がいて、目が合ったので挨拶（あいさつ）した。

「おはよう」

「おはよう、悠一郎くん」

「また何かあったのか？」

「ご覧よ。事件だよ」

明夫が教室の中を見たので、その目線を追う。まだホームルーム前の教室には、いくつかのグループが形成されている。

その中で、どのグループにも属さず、孤立したように一人で背筋をぴんと伸ばして着席している女の子がいた。周囲は明らかにその子を意識している。

ゆるくパーマがかかった黒髪のショートカットで、大きな瞳（ひとみ）をぱちぱちと何度もまばたきさせており、真っ白なうなじは朝の日差しを受けて輝いている。一見ボーイッシュな見た目をしているが、眉尻が下がっていることで気弱さがにじみ出ていて、なんともアンバランスだ。

「あの子がどうしたんだよ」

明夫に尋ねると、彼は残念そうにため息をついた。

「悠一郎くんは女の子に興味が無いのかい。神楽坂カイトも知らなかったし」

「あー、どうかな。あまり考えたことはないな」

「もしかして好きなのは女の子ではなく男、つまり親友である……僕を？　まあ、その嗜好を否定はしないけど、残念ながら僕には他に好きな人が……」

勝手に親友にされているどころか、妙な勘違いまでしているようだ。

「つまりあの子がかわいいってことだろ。確かに神楽坂にも劣らないレベルの容姿だと思うよ。でも何で今さら騒いでるんだ。急に現れたわけじゃないんだろ。俺は知らなかったけど」

「急に現れた、か。ある意味そうかもね。あれは日向あかりだよ」

「……なんだって？」

その子に視線を戻す。確かに言われてみれば面影がないわけではないが、あまりに変わりすぎだ。いかにも勉強しか取り柄がないという感じだった三つ編みメガネの委員長が、庇護欲を誘うような小動物系ボーイッシュ美少女になっている。

「邪魔なんだよ、どけよ！」

呆気(あっけ)にとられていると廊下の奥から罵声(ばせい)が聞こえてきて、人だかりが二つに割れた。その先にいたのは神楽坂カイトだ。

「ちっ、何だよ朝から……」

彼女は不機嫌そうに教室に入ると、真っ先に日向さんを見て立ち止まった。

「お、お、おはようございますっ」

「………!?」

挨拶をされた神楽坂は、俺と違ってすぐに日向さんだと気づいたようだ。

「ひな……、お前、なんだよそれ？」

「その、踊るのに髪とメガネが邪魔だったので、えと……」

「そのためだけに？」

「は、はい！」

「……ちっ！」

神楽坂は強めの舌打ちと戸惑いの睨(にら)みをきかせ、結局挨拶を返さずに席に着いた。

日向さんは神楽坂の背中に向かって口だけもごもご動かした後、肩を落として、恥ずかしそうにうつむいた。しかしすぐに思い出したように背筋をビッと伸ばす。

どうやら猫背を治そうと意識しているらしい。ダンスにおいて姿勢は大切だ。勉強熱心だから、土日の間にいろいろ調べたのだろう。

「うーん、美少女化した日向あかりも悪くないけど、僕はやっぱり神楽坂カイト派だね」

聞いてもいないのに、明夫は苦渋の選択という表情で唸った。

「そうか。一途だな」

「あの冷たい目が良いと思ってたけど、さっきの困惑した表情を見たかい？　強気な態度からふと内側がにじみ出てしまう感じ、たまらないね」

「明夫ってマニアックだよな」

「そんなことはないよ。ギャップ好きは男の習性さ。ギャップという点で言えば、気弱なくせに案外意志が強い日向あかりもそうかもね。悠一郎くんはどっち派なんだい？」

「さあ。考えたこともない」

「やっぱり僕……」

「それだけは無い」

明夫を一瞥して、足早に自分の教室に向かった。


その日の放課後、俺は日向さんが文化祭の準備をしている間、自習室で勉強をした。日向さんのクラスは喫茶店をするとのことだった。彼女は委員長なので俺と違って仕事が多い。ダンスバトルに出る話は学年内に知れ渡っているので、少しは考慮してもらっているようだが。

その後、合流して福岡市役所に向かった。

騒音問題について言及したように、ストリートダンサーはとにかく練習場所に気を使っている。音楽を流し、狭くないスペースを使い、さらに当人にとっては美学あってのものだが、ファッションが奇抜（悪く言えば不良っぽい）であることが多いため、苦情を受けやすい。

そんな中でも、自治体や建物の持ち主に許可を得て、使用時間とマナーを守れば練習しても良いとされている施設がいくつかある。練習場所の情報はダンスの技術より貴重といえる。

福岡市内においては、福岡市役所の駐車場がその一つだ。文化祭まではそこを主な練習場所とすることにした。

ちなみにそれを教えてくれたのは恭介で、福岡の知り合いから聞いたそうだ。「ユウがダンスを再開するの⁉」と興奮していたが、適当にごまかした。

ストリートの世界では、自分が育った街を代表し（レペゼン）背負う文化がある。

同じ練習場所でよく顔を合わせるダンサーは、話したことはなくても仲間意識のようなものが芽生えやすい。「地元」という同じチームに属しているような感覚だ。

稀(まれ)に「サイファー」と言って、顔見知りのダンサーが何人かで輪(サークル)を作り、音楽をかけながら一人ずつ踊り合うという流れになることもある。それが初めて人前で踊るダンスになるケースも多い。

「さ、さいふぁー」

市役所に向かう道中、地下鉄に揺られながらそう説明すると、日向さんがぎこちなく復唱した。

「バトルほどバチバチ感はないから、他人の視線に慣れるには良い機会だ。一人で練習するのと人前で踊るのでは全然違うからな。ある程度ステップのバリエーションが増えてきたら、日向さんも参加した方が良い」

「知らない人たちの輪の中に入って行くんですか？」

「まだ先の話だけどな」

「そうですよね……、でも、いつかやってみたいです」

胸の前で、ぐっと拳を握る。ずいぶん前向きになったものだ。他人の嫉妬(しっと)に萎縮(いしゅく)して、もっと低い点を取りますからと言っていた頃から一週間と経っていないのにまるで別人だ。

地下鉄を降り、福岡市役所に到着した。練習している人はいなかった。

「誰(だれ)もいないですね……時間の問題ですか？」

日向さんがきょろきょろと辺りを見渡す。灯(あか)りが消えた施設、一台も車が停(と)まっていない駐車場。花壇を挟んですぐ横が道路で、自動車や通行人が頻繁に行き交っている。

施設のガラス張りの壁には俺たちのシルエットが微かに映っているが、とても細部までは見えないので、振り付けをしっかり合わせるような練習には向いていない場所だ。

「もっと遅い時間帯なら大学生や社会人が増えるかもな」

俺はしゃがみ込んで、右手で地面をさする。

初めて踊る場所に来たらフロア状況を確認するのがＢ－ＢＯＹの習性だ。タイル張りで多少の凹凸はあるものの、ストリートにしては悪くない。

「時間がない。練習しよう」

立ち上がりながら言うと、日向さんは背筋を伸ばして気をつけした。

「はいっ」

「と言ってもまず練習の前に、どういうダンサーになりたいかを決めてもらう」

「目標設定、ということですか？」

「そうだ。本当はやみくもにステップの練習をするよりも先にしないといけないことだ」

「す、すいません」

「ストリートダンスにはいくつか『ジャンル』があるよな」

日向さんが指を折りながら答える。

「ブレイク、ロック、ポップ、ヒップホップ、ハウス、ワック、ジャズ……などですよね

「……？」

「ちゃんと勉強したみたいだな」

「教えてもらった動画は全部観ました！」

　今はスマホさえあれば動画サイトを通して様々なレクチャー動画を観ることができる。素人でも知識を身に付けることは難しくはない。

「同じストリートダンスでも、ジャンルが違うと全くの別モノだ。陸上競技で言うなら、短距離走と砲丸投げは全然違うだろ。ダンスもそれに近い。それぞれに必要な筋肉や理論がある。踊る音楽も違う。共通する基礎はあるものの、どれを選ぶかで練習内容が変わる」

「は、はい……」

「正直、向き不向きはある。でもダンスは直感が大事だから、深く考えずに決めていい」

「遊間くんはどれが私に向いてると思いますか？」

「初心者の女の子が短期間で形になりやすいのは二つ。ロックかガールズヒップホップだな」

　すると日向さんは斜め上を見ながら、思い出すように言う。

「ロックは指を差したりガチッと体を固めたりする、早くてキレのあるダンスで、ガールズヒップホップは体を波打つように使う、女の子らしいセクシーなダンスですよね」

「そうだ。もちろん、どちらも極めようと思ったら奥が深いが、俺の知る限りその二つは上達が早い」

日向さんは口元に手を当てて黙り込む。やがて、絞り出すように呟（つぶや）いた。

「……私は筋肉がないので、キレを出すのは難しそうですから、どっちかって言うとですけど、ガールズヒップホップですかね……」

いかにも不安げな表情だ。

「日向さん、ジャンルを決めるときに大事なのは『どれが向いているか』より、自分が『どのダンスをカッコ良いと思ったか』だ」

「え……」

「何事もモチベーションや気分で成長のスピードが大きく変わるだろ。スポーツと芸術のちょうど真ん中にあるダンスは特に顕著だ。嫌々やるのが一番伸びない」

「そ、そうなんですか？」

「だから、あくまで日向さんの意思で決めて欲しい」

「困りました……」

眉をひそめて、再び長考し始めた。俺は彼女が答えを出すまで待つ。

学年一位の優等生であり、根暗で気が弱い。周囲にそう思われている日向さんがもしダンスバトルに出てきた場合、こういうダンスをしたら最も盛り上がるだろう、という俺の中での最適解はある。

ただ先程も言ったように、ダンスは気持ちの乗りが何よりも大事だ。人前で顔を出して踊るなんて、よほど自分に自信があるか、ダンスを好きでないと難しい。

それに日向さんは前向きに楽しむことができる「天才の資質」を持っている。せっかくのそれを、不本意なジャンルを強要して失わせるわけにはいかない。

「あの……、どれを選んでも遊間くんは教えられるんですか？」

もっともな疑問だ。

「俺は一応全部かじってる。たいして上手くはないけど、どれを選んでも大丈夫だから安心していい」

Lil' homies はブレイクダンスを主体としたチームだ。

「ストリートダンスって床でクルクル回るやつでしょ？」と聞かれたら、その人はブレイクダンスをイメージしながら質問している。

華麗で人間離れしたアクロバット技の総称である「パワームーブ」が特徴的で、床に手をつき、腰を浮かせた体勢で細かい足技を繋（つな）ぎ合わせる「フットワーク」、そして他のジャンルほどでは無いが意外と立ち技もある。挑発や攻撃的なアクションが豊富な、ザ・ダンスバトルという感じのジャンル。

俺以外の四人は、ブレイクダンスのスペシャリストだ。さらに回転系、足技系、逆立ち系などそれぞれ突き詰めたスタイルを持っている。

彼らと純粋にバトルをしても俺は勝てない。事実、そうだった。だから俺は他のジャンルも必死に練習した。凡人が天才と同じことをしても追いつけないから。

他ジャンルを応用してブレイクダンスに落とし込む。そうするとそれが個性になり、加点要素になることがある。さらに連携(ルーティーン)において、それぞれのスタイルが異なるチームメイトたちを繋ぎ合わせる緩衝材になるため、様々な技を広く学んだ。

当然、習得には時間がかかった。実戦で使えるようにならないと意味がないので、徹底的にやり込んだ。おかげでメインを張ることはできなくてもチームの役に立てた。

凡人ゆえの処世術。俺には、それぞれのジャンルでどうすれば上手くなれるか、他とは何が違うかを考えながら練習した経験がある。

もちろん、それは勝てないと自覚した上での作業であり、心からしたいことではなかった。自分が好きなジャンルを、まるで遊びの延長のように練習する恭介たちの横で、俺だけが楽しくもない練習を嫌々している。さぞ惨めな姿だったことだろう。

だからこそ日向さんは周りの意見を気にせず、自分が心からしたいジャンルを選んで欲しいと思う。ダンスを好きなままでいて欲しい。特に初心者は楽しいと思えないと続かない。

「じゃあ……私、ブレイクダンスとヒップホップがしたいです」

日向さんがためらいがちに言った。

「えっ？」

俺は思わず聞き返す。意外な選択だった。

「やっぱり、無謀ですか？　女がブレイクダンスをするのは。見るからにハードルが高いですし」

「いや、そういうわけじゃない。女性のブレイクダンサーは珍しいことは珍しいが、どの地域にもある程度はいる。第一線で活躍してる人も多いしな。でも、何でその二つなんだ？」

日向さんは即答した。

「私、ダンスにハマったきっかけがあの動画だったので」

「あの動画って……」

答えを聞くまでもなく、ピンときた。

「Lil' homies の、アメリカ代表戦です」

本場の超一流ブレイキンチームであるアメリカ代表に対抗するため、俺たちは連携（ルーティーン）をメインに戦った。そこで主に使ったのがブレイクダンスとヒップホップだった。

「遊間くんが、一人だけ天才じゃない、地味だって言ってた男の子がいたじゃないですか。リーダーの子です」

「あ、ああ」

俺は自分の前髪をさっと指で散らし、目を隠した。

「私、ピンと来なくて、ずっと観てたんです。あ、もちろん遊間くんを疑ってるわけじゃないですし、ちゃんと教えてもらった他のジャンルの動画も観ましたけど、一番はあの男の子を観ました。あの子のダンスジャンルは主にその二つですよね？　もしかしたら、もっと色々なジャンルも混じってるのかもしれないけれど」

「あ、ああ……、そうだと思う」

「やっぱり」

日向さんが嬉しそうに顔の前で手を合わせる。俺は尋ねずにはいられなかった。

「なんであの人なんだ？　あの人のダンスくらいなら、自分にもできそうだと思ったのか？」

彼女は勢いよく首を振った。

「と、とんでもないですっ。そうじゃなくて、単純に憧れたんです！　こんなふうに踊れたらなあって」

「憧れた？　他のメンバーは？　例えば恭……、日本チームの最初に出た奴とか。楽しそうで派手で、あっちの方がカッコ良かっただろ？」

「彼もすごかったんですけど、私にはあのリーダーの子が一番良かったんです。あの子のダンスが一番ぐっと来ました。言葉じゃ上手く理由を伝えられないんですけど……その、ダメ、なんでしょうか……？」

俺は何も返せなくて、口もとを手で押さえた。そうしないと、にやけてしまいそうだった。

――嬉しい。

あくまで初心者だからこその評価だ。日向さんがもっと上手くなれば、上級者の細かいこだわりや技の難易度が分かり、見方が変わるに違いない。

しかし今の段階で、日向さんは俺を真似したいと言ってくれている。真似したいと思われるのは、表現者にとって最大の賛辞だ。

「あの……」

日向さんが不安そうな顔で俺を見ていることに気付いた。

「ああ、ごめん。日向さんがそれで良いなら、それでいこう」

「え、言い出したのは私ですが、私なんかに、ヒップホップだけならまだしもブレイクダンスができると思いますか？　逆立ちもできないのに」

「逆立ちなんかできなくても習得できる技はいくらでもあるし、ダンスをしていればそのうちできるようになる。それに実は俺もその二つが良いと思っていたんだ。今回の状況で言えば最適解だと思う」

「ヒップホップとブレイクダンスが？」

「ああ。まずヒップホップは、全ジャンルの中で最もスタイルのバリエーションが多くて、曲への対応力が高い」

ヒップホップダンスは、その中でもさらにいくつものジャンルに細分化できるほど幅が広い。特徴を一言で表すなら「何でもあり」だ。他ジャンルの様々な技を取り入れていて、今もなお頻繁に新しいステップが更新されている。

テレビやミュージックビデオなどで目にするダンスは、今やそのほとんどがヒップホップに括(くく)ることができる。

「どの曲のテンポでも踊れるから、即興性が求められるバトルにおいて有利だ。アドリブに困ったらステップに逃げられる安心感もある。それに、素人の女の子である日向さんがブレイクダンスをするっていう意外性。これは最低限、形になっていれば実力以上に盛り上がるはずだ」

「な、なるほど」

「だいたいのバトルは一ターンが四十五秒から一分間。初心者には長すぎる時間だが、やることが決まっていれば簡単だ」

日向さんが前のめりで頷(うなず)く。

「前半にヒップホップで曲調を掴んで音楽性(フィーリング)と基礎スキルをアピールし、後半をブレイクダンスで盛り上げて山場を作る。この組み立てで戦えば大怪我はしない。同時に最も勝つ確率が高いと言える」

「お、おお……」

具体的にイメージができたのか、目を輝かせている。

当然、言うほど簡単にできれば誰も苦労しないし、こんな机上の空論は気休めに近い。初心者がいきなり二つものジャンルに手を出すなんて、ダンス経験者なら間違いなく止めるだろう。

「あくまでこの流れは型の一つとして、最終的には曲に合わせてアドリブで織り交ぜていけるようにするが、とりあえず当面の目標はそれで行く」

しかしこれからする辛い基礎練を乗りこえ、たった二ヶ月で神楽坂を倒すレベルまで成長し部長を見返すとなると、これくらいの負荷は必要だ。

幸い彼女のモチベーションは高い。そこに可能性がある。

「絶対に勝とう。あの憎たらしい部長を後悔させてやろう」

「はいっ、お願いします！」

日向さんは元気良く返事した。

目標とイメージを共有し、今度こそ練習が始まった。

柔軟運動をしっかりした後、まずはリズムトレーニングからだ。音楽を細かく正しく聴き取り、リズムに乗って動く練習。様々な曲調に意識せず合わせられるよう体に叩き込む。アップダウンという全身を上下させる基礎中の基礎を行い、リズムを取りながら前後左右にステップを踏んだり、横に歩きながらターンしたり、膝(ひざ)や踵(かかと)をタッチしたりする。ポーズのシルエットにはこだわらず、様々な不規則な動きをリズムキープしながら8ビート、さらに倍速の16ビートでくり返し行う。

慣れないうちは全身運動による肉体的疲労と頭を使う精神的な疲労に襲われるが、時間さえかければ体が覚え、無意識にできるようになる。

続いて、アイソレーションという体を部分的に動かす練習。肩から下を固定して首だけ横にスライドさせたり、逆に肩と腰を固定して間にある胸だけを独立させて動かす。

人体は頭からつま先まで繋がっているから、隣り合う筋肉同士は一緒に動いてしまう。それを意識的に制御することで、完全に一部分だけを動かす、あるいは動かしているように見せる。そうすることによって、より明確に表現したい音や動きだけを浮かび上がらせることができる。

他人から評価されるためには、常に客観的な視点を持つ必要がある。そのうえで、自分の意図を相手に齟齬(そご)なく伝えなければならない。

誰だってイメージの中だけでなら世界一のダンサーだ。しかし現実は違う。実際の動きと頭の中の理想を近づけるため、自分の体のどこに、どれだけの力を入れたらどういうふうに動くか、どこからどこまで動かせるのかを正確に認識する必要がある。それを磨くための基礎がアイソレーションだ。

当たり前のように思えるが、「自分が思い描く通りに体を動かすことができ、誤差を限りなくゼロにする」のは全てのダンサーが一生かけて取り組むべき課題で、終わりは無い。リズムトレーニングとアイソレーション。この二つは全ジャンルに共通する、地味で誰もが避けたい基礎練なのだが、やはり日向さんは真面目（まじめ）に取り組んでくれた。いきなりランニングマンやクラブなどのステップの練習をしていた彼女にとってはつまらないだろう。でも決して手を抜かない。ほとんどその場から動いてないのに全身汗だくになるほど集中している。

もうすぐ二十時を回ろうかという頃、神楽坂が市役所にやって来た。

「げっ、日向!?」

神楽坂は、体操服姿でアイソレーションをしている日向さんを見て困惑した後、俺を見て怪訝（けげん）そうに首を傾（かし）げた。クラスメイトでさえ俺の名前を知っているかあやしいのだから、他クラスの神楽坂が知らないのも無理はない。

神楽坂は俺たちに一切構わず、離れた場所でイヤホンを付けて黙々と練習し始めた。

「部活が終わった後も自主練かよ。もっと怠けて欲しいんだが」

俺がそう呟くと、一心不乱に練習していた日向さんが動きを止める。

「あれ、か、神楽坂さん？」

神楽坂が来たことに気付いたようだ。

「さいふぁーを始めるには、どうすればいいんですか？」

「まだ早いし、絶対に断られるからやめよう」

俺が止めると日向さんは残念そうにうなだれた。相変わらず、妙な場面で度胸を発揮する人だ。

◇

市役所での練習を始めてから二週間が経った。

「どうやら日向あかりはダンスに本気らしいよ」

昼休みの学食にて、向かいに座っている明夫が唇の端をひくつかせて笑った。

「そうなのか？」

俺は白々しく聞き返した。

「ああ、夜な夜なダンスの練習しているところを目撃されているらしい。そのせいでなんと今日、あの日向あかりが授業中に居眠りをしていたそうだ」

それは一大事だ。日向さんを学年トップから引きずり下ろしたい層からしたら、ホットなニュースに違いない。

「日向さんは一人で練習しているのか？」

「いや、同じ練習場所に神楽坂カイトもいたという情報が上がっているね。でもお互い仲は悪そうで、離れて練習しているとのことだよ」

明夫の口ぶりから、実はそこに俺もいるということには気付かれていないようだ。薄暗い夜の駐車場だし、美少女が二人もいればそちらに目が行くのは仕方がない。

「全く、素人が一人でがむしゃらに練習してもたかが知れているのにね。ダンスは奥が深いからね」

「ん、明夫、ダンスに詳しいのか？」

俺は食事の手を止める。明夫からダンスの話なんて今まで聞いたことがなかった。

「最近興味を持ち始めてね。もし詳しくなれたら、神楽坂カイトとダンスの話で盛り上がれるかもしれないだろう?」

「ああ、好きな子の好みを勉強してるわけか」

「よこしまなきっかけだけど、ハマっているのは事実さ。悠一郎くんはアニメを観るかい?」

「めったに観ないな。そんな暇があるなら勉強してる」

「さすがだね。そういうところを尊敬しているよ。実はアニソンでのダンスバトルが一部の界隈で流行っていてね」

「アニソン? アニメの曲ってことか?」

「あまり興味は無かったけど、今回の件でいろいろ掘ってみたんだ。いやあ、興味深いね。あ、アニソンでダンスと言っても、オタクがペンライトを振って踊る、いわゆるオタ芸のダンスじゃないよ。れっきとしたストリートダンスさ。僕のイメージでは、ダンスバトルといえば相手を挑発したり、野蛮で暴力的なイメージがあったけど、アニソンのポップな雰囲気で踊るとどこかコミカルに見えてとっつき易いよ」

「へえ」

言われてみれば、東京にいたときに一部でそういったコミュニティが形成されていたことを思い出す。俺の周囲にアニメ好きはいなかったし、何となく棲み分けのようなものがなされていたので関わったことはなかった。

「思い入れのあるアニメの曲が流れるとそれだけで名シーンや好きなキャラのことを思い出してテンションが上がるのに、それで痺れるようなダンスを踊られると一瞬で虜さ。動画があるんだけど観てみるかい？」

明夫はそう言いながら、返事を聞く前にスマホで動画を流し始めた。

「いや、観ない」

俺は語気を強めて断った。ダンスの動画は観たくない。仕方なく高校生ダンスコンテストの動画を観てしまったせいで、恭介との初バトルの夢なんかを見てしまった。

ところが明夫は一切引き下がらず、テーブルに乗り出し、スマホをこちらに押しつけてきた。

「遠慮しないでくれたまえ」

「頼む、本当に嫌なんだ」

「悠一郎くん、布教はオタクの義務さ。観た上で興味が湧かないなら納得するけど、食わず嫌いは良くないよ。もし観てくれないなら今後二度と授業の復習に付き合わないよ」

明夫の迫力に圧されて、俺はなし崩しにスマホを受け取った。勉強を交換条件に出されると弱い。ため息をつきながら、画面に目を落とす。

動画の中では、四人のダンサーが向かい合っている。２on２形式のようだ。片方のペアはオールドスクールなスタイルで、小学生くらいの男の子同士。もう片方はブレイキンとタットスタイルという異色なペアだ。一見ただのダンスバトルだが、確かに流れているのはアニソンらしい。画面下に何のアニメの曲かが紹介されている。

「へえ、すごいな」

俺は動画を観て、純粋な感想を呟いた。決して勧めてくれた明夫への気遣いではない。

「そうだろう」

明夫は得意気に口元をひくつかせる。

流れているのは一切聴いたことのない邦楽だが、観客はほぼ全員が知っているらしい。まるでライブ会場のように歌詞を口ずさみ、合いの手を入れている。ダンス的な感想としては、曲の歌詞や細かい音に動きをシンクロさせる「音ハメ」の割合が高いのが特徴的だ。もちろん曲によるので一概には言えないものの、アニソンは音楽のジャンルで言えばJ－POPで、ストリートダンスとは相性が悪い。理由は曲のテンポが早すぎる、低音が弱いなどいくつかあるが、とにかく技術的に難しいはずだ。それなのにそんなこと関係ないとばかりに、対戦している四人のダンサーは心から楽しそうに踊っている。

バトルという競い合いの場にもかかわらず、相手のムーブにも拍手を送ったり、親指を立てたりと、とにかくイキイキしていて、観ているこっちも笑顔になってくる。

こういう平和（ピース）な雰囲気のバトルを観ると、初めてのバトルを思い出す。母さんがよく観ている、Lil' homies の初バトルを。

「あれだけ嫌がっていたのに、夢中で観ているじゃないか。悠一郎くんもハマってくれたようだね」

そう言われて、俺は自分が普通にダンス動画を観てしまっていることに気付いた。

俺はダンスをやめた。遠ざけた。今は日向さんへの罪悪感と責任で、一時的に近づいているだけだ。そんな俺がダンスを観て微笑むなんて。

「もし悠一郎くんが望むなら、僕が一緒にダンスを始めてあげてもいいよ。神楽坂カイトのためだけじゃなく、親友である悠一郎くんとの趣味の共有として……」

「返す」

俺は明夫の言葉を遮って、スマホをテーブルに置いた。勢いよく立ち上がる。

「やっぱり、オタク臭くて嫌なのかい？」

「そうじゃない。好きなことを楽しんでる人は何よりもかっこ良いと思う。ただ俺が、ダンス嫌いなだけだ」

俺は足早に教室に戻った。映像の記憶を上書きするように、次の授業の予習を始めた。

それからも、土日も含めて毎日市役所で練習した。

リズムトレーニングとアイソレーションに並行しつつ、ヒップホップとブレイクダンスの基礎練習も始めた。日向さんは練習後に家に帰ってからも基礎練を続けており、気がついたら朝になっていることもあるらしい。

まだまだ初心者の域を出ていないものの、確実に成長はしている。最近は筋肉痛にもならなくなってきた。最低限の筋力がついてきた証拠だ。上達に比例して、授業中の居眠りなども増えているようだが。

そんなある日、恭介から電話がかかってきた。

『ユウ！　最近どう？』

相変わらず元気な声だ。俺はスマホを少しだけ耳から離した。

「別に、いつも通りだ」

『市役所には行ったんだよね？　どうだった？』

「東京に比べたらダンサーは少ないな。多いときでも十人もいない」

『そっか。とにかくユウがダンスを再開してくれて嬉しいよ！　俺らがあんなに説得しても聞かなかったのに』

「別に、ダンスしてるわけじゃない」

『練習場所に行ったのにダンスしてないの？　なんで？』

「まあ、いろいろな」

『いろいろって何？　ねえねえ』

「何でもないって」

『何もないわけないでしょ。ねえ』

何度濁しても、恭介はしつこく聞いてきた。万が一福岡まで聞きに来られても困るので、仕方なく事情を話すことにした。まだダンスを好きで諦めきれていないと思われるよりは、人助けのためだと説明した方が結果的に説得をやめてくれると思った。

『……なるほど、同学年の女の子に教えるために、ね』

「そうだ。だからダンスに関わるのは二ヶ月間だけだ」

『俺らの仲間の絆なんかより、女の子を利用して説得すれば良かったんだ』

「は？」

『ユウ、女には興味ないって感じだったから気付かなかったなー。なるほどなるほど。ユウもただの男だったと。その子のおかげでダンスを再開したと。その子、そんなにかわいいの？』

「おい、勘違いするなよ。俺の責任だったから仕方なくだ。それに俺自身は一回も踊ってないからな」

『嘘だー』

「嘘じゃない。俺はダンスを……」

『あのユウがダンスを嫌いになったなんて、どう考えても嘘じゃん！　Lil' homies の誰も信じてないから』

「は？」

『ダンスって世界一楽しい遊びだろ？　みんなやらないだけで、嫌いな人なんているわけがないよ。ダンサーじゃなくても楽しいときってつい踊っちゃうことあるじゃん？　ダンスと楽しいは本能で繋がってるんだよ』

「はあ……」

俺は言葉を失ってため息をついた。つくづく天才どもとは理解し合えない。俺が楽しくなくなったのはお前らのせいだぞと言ってやりたい。

『その女の子に会いたいな。どれくらい踊れるの？　ジャンルはブレイキン？　ユウは教えるのが上手いから、もうウインドミルくらいは回れたりして』

「お前らと一緒にするなよ。まだ基礎練だ」

『リズトレとアイソレ？　俺らもみんなで並んでやってたねー』

「もうしてないのか？」

『さすがに四人で一緒にはしないけど、ちゃんとそれぞれ続けてるよ。ユウが基礎は永遠にやり続けないといけないって言ったじゃん。でも始めたての頃はよく分かんなくて、基礎ばっかじゃなくて早く技をやらせろよって思ってたな』

「お前ら、基礎でも楽しそうにしてただろ」

『んー、そうかな。そうかもしれないね。結局、音楽に合わせてみんなで動くだけで楽しいし』

意外だった。恭介なら基礎でも何でも楽しいのかと思っていた。記憶の中の恭介は、いつも笑っていたから。

『ユウのことだから、その子にも毎日基礎ばっかさせてるんじゃない？』

「確かにそうだが……」

『たまには息抜きさせなきゃ。みんながみんな、ユウみたいにはなれないからね』

俺みたいになれない？

違う。俺がお前らみたいになりたかったんだよ。そして、なれなくてやめたんだ。

「恭介、それってどういう……」

『あ！　そういえばこの前のバトル、また準優勝でさー！　決勝の相手が神奈川の最近出てきたチームで、たぶん俺らの方が上手いんだけど、苦手意識があるっていうか、やりづらいんだよね！　あとＤＪの選曲が微妙でさ、先攻が踊り難い曲ばっかり流してきて……』

恭介は話を変え、よほどストレスが溜まっていたのか、まくし立てるように喋り出した。

俺は質問するのを諦めた。相槌を打ちながら、ぼんやりと考えた。

――息抜き。

日向さんは周りが見えなくなるくらい延々と基礎練をし続けるような人だ。だから息抜きなんて必要ないんじゃないか。天才と呼ばれるような奴らは全員そうだ。

それにこの状況で、もし俺が日向さんの立場だったら、本番まで日にちがないのだから、とにかく余計な時間を削って一秒でも長く練習にあてたいと思う。でも、恭介がそう言うなら。

通話を終え、俺は暗くなったスマホ画面を見つめて考えた。

そして、この息抜きをきっかけに、俺と日向さんの関係性が変わることになるのだった。

四　世界がどう見えるのか、知りたい

「ユウちゃーん、休みの日くらいゆっくり寝てればいいのにー」

日曜日の朝、母さんが玄関でパンプスを履きながら言った。

「母さんが仕事してるのに、俺だけ寝てられるかよ」

「しっかり者に育って嬉しいなー。でも、もうちょっとお母さんらしいことしたいよー」

「してるよ」

毎日働いて、俺を育ててくれている。それ以上に母親らしいことなんて何があると言うのだ。

「そー？　ユウちゃんが隠してるエッチな本を見つけて、机の上に並べたりしたいなー」

「今時の高校生はデータをシェアし合うんだよ」

「ええー、時代を感じるーう。息子の性癖をチェックできないなんてー」

「チェックしてどうするんだ」

「私がそれに合わせるのー。何でもこいだよー」

「息子が母親に興奮する性癖だったらむしろ心配した方がいいぞ」

「えー、私で興奮してくれないのー?」

母さんは寂しそうな顔をしながら「行ってきまーす」と言い、部屋を出て行った。カツカツと遠ざかっていくヒールの音を聞き、俺は準備にとりかかる。

押し入れの奥から茶封筒を取り出し、中に入っているお札を何枚か抜き取った。

これはLil' homiesで世界大会を制したときの賞金だ。中学生が使うには多すぎる額だったので母さんに渡したが、頑なに受取りを拒否され、ずっと使い道がなかった。

今日は、日向さんと二人でダンスバトルを観戦する約束をしている。市内のクラブで行われる、2on2のフリースタイルバトルイベントだ。

フリースタイルといえばラップの即興バトルが一般的だが、ダンスにおいてはジャンルレスという意味になる。

ブレイクだけ、ヒップホップだけというようなジャンルごとのバトルではなく、どんなジャンルでもごちゃ混ぜにして行う自由なスタイルでのバトル。それぞれ流れる曲や審査員の見方が違うので、求められる技術が変わってくる。

ジャンルごとのバトルは、そのジャンルの専門的な技術や音楽への理解度の深さなどが評価される傾向にある。対して、フリースタイルバトルではリズム、ポーズのシルエット、情熱(バイブス)などを広く総合した「ダンス力」が求められる。

俺自身はブレイキンのバトルにしか出なかったが、フリースタイルバトルでは、一つのジャンルを極めた職人タイプ、多彩なジャンルを使いわけるなんでも屋、あるいは技術は無くてもメッセージ性強めの奇抜な表現者タイプなど、様々な個性派ダンサーが出場するので観(み)ていて飽きない。勢いに乗った格下が大御所を喰(く)う大番狂(ジャイアントキリング)わせも珍しくない。

今日のイベントは、そんなフリースタイルバトルで、二人チームによるトーナメント戦。

俺と日向さんは出場しない。あくまで見学だ。恭介のアドバイス通り息抜きをさせようと思ったが、時間を無駄にしたくないという効率重視の考え方も捨てられない。妥協案として、息抜きと生でダンスバトルを観る経験を同時に消化しようと考えた。

「お、お待たせしましたっ」

集合場所の駅前で待っていると、小走りで現れた日向さんに俺は愕然(がくぜん)とした。

「日向さん、何でそんな格好なんだ？」

彼女は、体操服に学校指定ジャージの上だけを羽織っていた。

「その……、ＤＪタイム？　に、踊るかなって思って……」

バトルイベントでは、予選から決勝までの間にDJタイムという時間が何度か挟まれる。その間、ダンサーたちはDJが流す曲を楽しみながら休憩したり、ウォーミングアップをしたり、知り合いと会話したりと様々に過ごす。

「動きやすい方がいいかなって思ったんですが、ダメですか？」

日向さんが不安そうに上目遣いで尋ねた。人通りの多い日曜日の駅前、たくさんの人がこちらを見ている。体育の授業を抜け出してきたような姿の女子高生は、かなり人目を引いている。

「場違いだから着替えた方がいいな」

「す、すいません」

俺たちはクラブに行く前に駅前のショップに入った。そこで、黒地に肩から袖先(そでさき)までイエローのラインが入ったオーバーサイズのブルゾンと、ハイネックのカットソー、そしてアンクル丈のスキニーパンツを買って着替えてもらった。

「すごい……私、イケてるダンサーさんみたいです……！」

日向さんが鏡の前で胸を張った。ブルゾンの胸元にある、アディダスのロゴのワンポイントが映える。ポケットに手を入れてポーズを決めていて、普段からの意識と筋力がついてきたことで猫背も治りつつあるので、本当にそう見える。

「こんなことを言うと失礼なんですが……遊間くんって案外オシャレなんですね」

そのポーズのまま、俺の全身を見て言った。本当に失礼だが、学校での俺を知っているならもっともな言い分だ。

今日の俺は、淡いトーンのヒッコリーシャツに、ワインレッドのコーチジャケットを羽織り、下をキレイめな黒のテーパードパンツでまとめている。

「ダンスバトルに勝つために必要な知識だから、勉強しただけだ」

「オシャレじゃないと勝てないんですか？」

「絶対じゃないが、要素のひとつであることは間違いない」

スキルでは勝っているのにダサい服装だったから負けた、なんて絶対に許せない。そんなことありえないと思うかもしれないが、ダンスバトルは明確な採点基準が無いからこそ、些細な印象が勝敗を左右するのだ。不安要素は全て潰していかなければならない。

それに俺は小学生の頃からバトルのために昼間のクラブに出入りしている。普段の自分の身なりや他人からの評価には全く興味がないが、ダンスで勝つためならできることは何でもする。

「ダンスの文化を理解していればファッションがどれだけ重要か分かる。あと、単純だけどオシャレすると気分が良くなるから、何となく上手くなった気になれるしな。自信はダンスの質を上げる特効薬だ」

「わかりました！　私も勉強もしますっ」

練習中には見られなかった満面の笑みだ。彼女のこの顔を見たのは久しぶりだったので、確かに恭介が言った通り、最近は疲れていたのかもしれない。

地下鉄を乗り継いで、バトルが開催されるクラブに到着した。チケットを購入し、地下への階段を降りて建物の中に入る。重たい扉を開けると、重低音が効いた爆音のクラブミュージックが体にぶつかってきた。暗い室内の天井で、ゆっくりと銀色のミラーボールが回っている。冷房が効いていて肌寒い。しかし、何ともいえない熱を感じる。

「た、たくさん人がいますね！　みんな、ダンサーって感じで上手そう……！」

日向さんが両手を胸の前でぎゅっと握りしめ、音楽に負けないように大きめの声量で言った。

今はバトル前のＤＪタイムのようだ。数えきれないほどのダンサーたちがダンススペースにひしめき、ウォーミングアップとして踊っている。

バトル前ならではの独特の緊張感がある。有名なダンサーや上手そうなオーラがある人を意識したり、持ち技の確認を余念なくしていたり。この空気感が懐かしい。

俺はつい癖で、靴の裏で床を擦（こす）った。あまり滑らないのでフロアに入るときは回転系を控えた方がいい。そう考えて、いやいや俺は出ないから、と頭を振った。

フロアにいるダンサーたちの体の周りにまとわりつく、闘気のようなものが見える。それは運動時に代謝で発散される熱が湯気となって出ているのか、照明による汗の反射なのか。あるいはもっと精神的なものなのか。

とにかく、俺がこれを身に纏うことはもう永遠にないのだ。

「遊間くん！　さ、さいふぁーしてます……！」

日向さんが俺の袖を摑んで、ＤＪブースの前あたりを指差した。

何十人ものダンサーが踊る中、確かに四人ほどが小さな輪を作り、交互に踊り合っている。中心のスペースはほとんどなく、真ん中で両手を広げたら周りにぶつかってしまうくらいの狭さだ。

「もうちょっと近くで観たいです……！」

日向さんはそう言って俺の袖を強めに引っ張った。

「え、俺も行くのか？」

踊らない奴がバトル前の貴重な時間にダンススペースに行くなんて、場違いも甚だしい。ところが、日向さんは心細さと好奇心が入り混じった瞳を俺に向け、袖の布地が伸びそうなくらい手に力をこめている。断れなくて、仕方なくついて行った。

サイファーをしている四人はヒップホップをメインに、さまざまなジャンルを織り交ぜながら、ＤＪが流す曲、『Finesse - Bruno Mars』に合わせてゆるく踊っている。スペースが狭いので、首や肩を軽く動かして、上手く踊るというよりは音楽を体に染み込ませることに重きを置いているような感じだ。

「あんまり踊ってる人を見ないんですね……」

サイファーのすぐ後ろにたどり着くと、日向さんが顔を俺の耳元に近付けて言った。

「あまり他人のダンスを観すぎると影響を受けて自分のスタイルが崩れるから、かもな。バトル直前だし」

俺はどちらかと言うと敵をよく観て分析するタイプだったが、人それぞれ調整の仕方は違う。

「へー……」

日向さんは相槌を打ちながらも、心ここにあらずな様子で、サイファーの中心で踊るダンサーとその周りの三人を凝視している。他人のダンスをここまで間近で観るのは初めてだから、興奮しているのだろう。リズムトレーニングの成果もあって、無意識に体が曲に反応し、小刻みに揺れている。俺の袖を掴む指先から日向さんの熱が伝わってくる。

途中、俺たちと同じようにサイファーを外側から観ていた、二十歳前後でハンチングキャップを被った女性ロックダンサーが入ってきた。ソウルを主体として体幹のグルーヴを表現するタイプのようだ。サイファーを形成している一人が、彼女のダンスに右手を小さく上げた。

「し、自然……！　ああやって入るんだ……！」

日向さんが感嘆の声をあげる。

そして次の瞬間、その女性は踊りながら日向さんに視線を送った。

「え⁉」

日向さんはすかさず俺を二度見する。

「でも、初対面の人が、そんな……」

視線の意味は明白だ。でも日向さんは自分の勘違いを疑っているらしい。ダンサーからしたら、彼女のように露骨に入りたそうにうずうずしながら観ている人がいれば、とりあえず誘ってみるのは普通のことだ。

女性が踊り終えると、僅かな間ができた。全員が日向さんをチラチラと見ている。俺は彼女の背中を押して言った。

「行ってこい」

日向さんは一瞬瞳孔が点のように小さくなったが、しっかり頷いて、サイファーの中心に飛び出た。

日向さんを誘った女性は、出ただけで手をあげてくれた。残りの四人も顔を上げ、踊っている日向さんを観る。

「この子は大した敵じゃないな」「初心者だけどかわいい」「はいはいあのステップね」な

ど、様々な感想が顔に出た。

日向さんは目をぐるぐるさせながら、ヒップホップの定番ステップを順番に踊った。狭いせいもあるが、練習に比べて明らかに動きが小さい。肘が曲がっていて、膝の上がりも不十分。体幹もまるで使えていない。

でもリズムキープは出来ているので、初サイファーにしては及第点だといえよう。

やがて音楽のボリュームが小さくなっていく。DJタイムが終わり、バトルが始まるようだ。

日向さんはしばらく気付かずに踊り続けたが、無音になったと同時に「あれ？」と呟いて棒立ちで止まった。

「バトル、がんばろうね」

ハンチングキャップの女性は、日向さんが出場すると思っているようで、彼女のガチガチにこわばった肩に手を置くと、ほぐすように軽く揉んで、その場から去って行った。日向さんは胸を上下させながら口をパクパクさせたが、何の返事もできなかった。

司会がルール説明や組み合わせの発表などをしている間、俺は顔が真っ赤な日向さんをクラブの奥の方にあるバースペースに連れて行き、休憩させることにした。

このイベントはチケット代＋1ドリンクオーダー制だ。イベント中に飲み物を一杯頼むことになっていて、そのお金は入場チケットを購入する際にまとめて支払っている。バーテンダーの男性に、俺はウーロン茶を、日向さんはオレンジジュースをカウンター越しに注文した。

「き、きき、緊張しました……。頭が真っ白で、全然上手く踊れませんでした。でも、楽しかったです。みんなが私を観ていて、ドキドキしました」

日向さんはいまだに手を震わせながら言った。

「新入生代表挨拶のときの方が見ている人数は多かっただろ？」

「そうですけど、全然違いました。なんというか、視線の、温度が。それに今、すごく悔しいです。もっと……本当はもっと踊れるのに」

そう独り言のように呟き、ぎゅっと両手を握る。

「リズムキープはちゃんと出来てたぞ」

俺がそう言うと、日向さんは嬉しそうにぱっと顔を上げた。

「はい！」

「ただ、普段から人に観られてる意識で練習した方が良いかもな。動きが小さくてどこを強調する動きなのか分からない。あと次に何をやろうか考えすぎてて、ステップとステップの繋ぎ目がすぐ分かるから、そこも課題だ」

「はい……」

「けど」

たった三週間足らずでその段階まで来られたのだから充分だ。たくさん努力したんだな。

そう続けて言おうとしたが、俺は後ろから聞こえた声に驚いて、言葉を止めた。

「お前の相方めちゃくちゃかわいーじゃん!」

「あざっす。かわいいだけじゃなくてダンスも上手いんですよ。おいカイト、挨拶しろよ」

まさかと思って、おそるおそる背後に首を向ける。

すぐ後ろに神楽坂と部長がいて、年上の男と話していた。

「………」

神楽坂はそっぽを向きながらチューインガムを膨らませている。ビビッドなブルーのパーカーのフードを深く被り、両手をポケットにいれ、いかにもコミュニケーションを取るつもりは無いという感じだ。部長と話し相手の男は困ったように顔を見合わせる。

「ま、緊張してるんですよ。そんなところもかわいいでしょう」

部長がフォローし、男が苦笑した。

「……日向さん、後ろに神楽坂と部長がいる」

「えっ⁉」

日向さんが振り向こうとしたので、俺は彼女の二の腕を摑んで止める。

「面倒くさいからバレないようにしよう」

「あ、え……、はい」

日向さんは隠れるように背中を丸め、出されたオレンジジュースにちょっとだけ口をつけた。

「どうやら神楽坂と部長が二人で出るらしい」

「ええ、すごい」

「神楽坂のダンスが生で観られるぞ」

「遊間くん、なんだか嬉しそうですね……」

「敵の情報が多いと対策を立てられるだろ。部長はそうでもないが、神楽坂はかなりのダンサーだ」

「神楽坂さんの方が上手いんですか？　年下なのに」

「ダンスに年齢は関係ない。正直、神楽坂はあの部長なんかと組むのもおかしいくらいのレベルだ。よほどのことがない限り、今日のレベルなら優勝するだろう」

「え⁉　何でそう思うんですか？　まだ始まってもいないのに」

「上手いかどうかは、フロアに立ってる姿を見ただけでだいたい分かる。神楽坂の敵になりそうな奴はこの会場にはいない」

体の使い方、音への反応の仕方や間の取り方、視線や佇まい。ダンサーはただ音楽を聴いて立っているだけで様々な情報を発している。もちろんバトルにおいては、本人のダンス力以外にいろんな外的要素が絡んでくる。選曲、組み合わせ、客層、審査員の考え方などだ。

しかし俺が見える範囲にいるダンサーたちと神楽坂の間には、些細なイレギュラーでは覆せないほどの圧倒的な実力差がある。

「そんなに……、神楽坂さんを」

日向さんはそう呟いて、またオレンジジュースを口に運んだ。

「たぶん神楽坂は、幼い頃から洋楽に触れてたんだろうな。音楽の聴き方から違う。それに見た目は細いが、よく見ると足腰はしっかりしてる。骨盤が普通より大きいのかもしれない。ただ立ってるだけで体の中心に一本の軸を通したような安定感がある」

「骨盤……そんなところまで」

「一流のスポーツ選手は、プレー中にどんな場面を写真に撮っても妙に様になってるって言うだろ？　そんな感じで、どのポーズも洗練されてるんだよな」

俺の説明に日向さんは頷きもせず、ひたすらオレンジジュースをこくこくと飲んでいる。頼んだばかりなのにもう三分の一もない。初サイファーで動いたばかりだし、クラブ自体に緊張して喉が渇いているのかもしれない。

「あれに勝つには生半可じゃ無理だ。だから今日はしっかり神楽坂のダンスを見て、少しでも情報を得よう。それは日向さんにとっても役に……」

「……うるさい」

「え？」

と、そこで普段の彼女からは考えられない言葉が聞こえた。

「ごめん、聞こえなかった。もう一回……」

「うるさいです！　神楽坂さんの話ばっかり！」

日向さんがオレンジジュースの最後の一口を飲み干して、グラスの底をカウンターに叩きつけた。カツン！　と高音が響く。俺は思わず機敏に二度見した。

「神楽坂さんはかわいいですもんね！　本当は私みたいな根暗なダサい女より、神楽坂さんみたいな子の方が良いんでしょ！　ダンスの深い話もできますし！」

日向さんは眉間にシワを寄せ、空のグラスの中の氷を睨みつけている。グラスを握る手がわなわなと震えている。

「いや、別にそんなことは……」

後ろにいた神楽坂と部長はもういなくなっていたのでほっとしたが、日向さんのこの変わりようは明らかに異常で、どうすればいいか分からない。

「神楽坂さんを見つけたら急に嬉しそうにしちゃって！　クラブに入ってからずっと暗い

感じだったから心配してたのに！」

「そ、そうなのか。悪い」

「なんですか⁉　聞こえませんけど⁉」

日向さんが俺の二の腕を掴んだ。よほど怒っているのか、顔が真っ赤だ。

「えっと……」

「私の骨盤はどうですか⁉　もっとよく見てください！」

「あー、そ、そうだな、うーん」

怒っている理由が分からない女性に対して、何て言えばいいんだ。答えあぐねていると、日向さんは急に自分の服を見てにへっと力を抜いて笑った。

「この服、かわいいです。選んでくれてありがとうございます」

唐突な感謝。どういう情緒だよ。

かと思えば、再び乱暴に腕を掴まれた。

「こんな服初めて着たんです！　嬉しいです！　だからもっと褒めて欲しいんですよ！」

「そ、そうか。よく似合ってるぞ」

「他には⁉」

「ほか？」

「かわいい、とか！」

「か、かわいいぞ」

「そう！　それです！　遊間くんは神楽坂さんだけじゃなくて、もっと私も褒めてください！　練習中も今も、悪いとこの指摘ばっかり！　わかりやすいんですけど！」

「そう思ってたのか、悪かった」

「当たり前です！　こっちは基礎練ばかりで辛いんですよ⁉」

かなり鬱憤が溜まっているようだ。日向さんはいつも練習熱心で、些細なことにでもアドバイスを求めてきた。あれだけ馬鹿にされた部長にも、即座に「何か改善点はありますか？」と聞いたくらい、上達することに対して貪欲な人だ。

だから基礎練習が辛いとか、そんな感情は無いのかと思っていた。やはり息抜きは必要だったのだ。

「遊間くんはもっと私を見てください！　何のためのメガネなんですか⁉」

日向さんは両手で俺のメガネの左右のフレームをつまみ、荒々しく奪いとった。しかし顔を見た瞬間、ぴたりと動きを止める。

「……あれ、遊間くん……どこかで見たことあるような……」

首を捻って呟く。日向さんはLil' homiesの動画を何度も観ているらしいから、俺がユウだと気付いてしまうかもしれない。

「い、一体どうしたんだよ。おかしいぞ、大丈夫か？」

俺は慌ててメガネを奪い返す。日向さんは先程までの傍若無人な態度とはうってかわって、棒立ちでぼーっとしている。視点が合っておらず、何度もぱちぱちとまばたきし、目を指でこすっている。眠たい子供のようだ。

「あれ、これオレンジジュースじゃん。私カシオレって言ったよね？」

そんな声が横から聞こえた。大学生くらいの女性だった。カシスオレンジを頼んだ人のところにオレンジジュースが来たらしい。昼間のイベントでもお酒を出すタイプのクラブだったようだ。

ということは、オレンジジュースを頼んだ日向さんが飲んだのは。

「遊間くん……、私、眠いです……」

先程の剣幕が嘘のようなか細い声で、酔った日向さんは倒れ込むように体を預けてきた。

「おい、おいおい」

俺は彼女の肘のあたりを掴んだ。でも支えきれなくて、腰をがっちりと掴む。筋肉がついてきたとはいえ、まだ柔らかい。女の子なんだと思った。

「……うーん、遊間くん……」

抱き合うような体勢になり、耳元でささやかれる。日向さんの吐息は湿気がこもっていて熱い。こんなに女の子と密着したのは初めてだ。緊張で体がこわばる。

落ち着け、仮にも俺は元世界一のクルーのメンバー。数々のプレッシャーがかかる場面で勝ち続けた男だぞ。そう自分に言い聞かせつつ、日向さんを丁寧にカウンターの椅子に座らせた。彼女はカウンターに突っ伏し、やがて寝息を立て始めた。

「すうー……、すうー……」

長いまつ毛が上下に揺れる。口もとはだらしなく開いている。

「ふう、酔っ払うとこんなふうになるのか。やっぱりお酒って怖いな」

俺は額の汗を手の甲で拭った。一仕事終えた気分だった。

おおいに動揺したが、本音を聞けてよかった。今後はちゃんと言葉にして褒めるようにしていこう。

それからすぐにバトルが始まった。日向さんを一人にはできないので、仕方なくバーカウンターから首を伸ばしてバトルを遠目に観た。観客に遮られてほとんど観られなかったが、神楽坂と部長は順当に勝ち進んでいき、予想通り優勝した。

バトル後、クラブ内はごちゃごちゃと人が行き交っていた。部長は本日の主役としてたくさんの人に囲まれていてご機嫌そうだ。神楽坂は見当たらない。優勝コメントも「ありがとうございました」の一言だけでそっけなかったし、もう帰ったのかもしれない。

人の出入りが落ち着いた頃、俺は寝ている日向さんを背負いながらクラブを出て、地上への階段を登った。

神楽坂と部長のバトルをしっかり観て対策を立てる、という計画は失敗に終わったが、日向さんの息抜きという当初の目的は達成されたように思う。出来が良かったとはいえないが、サイファーを経験し、人前で踊れたのは大きい。

それにしても、日向さんが練習を辛いと思っていたことは意外だった。恭介と同じ、どんな基礎練にも夢中になれる天才側の人間だと思っていたから。

そもそも恭介も、基礎練自体はつまらないと言っていた。何だか引っかかる感じだ。小骨が喉に詰まったような。

しかし、その引っかかりを解消できるほど考え込むことはできなかった。

「……メガネ、ちょっと顔貸せよ」

階段を登って地上に出た先で、チューインガムを膨らませた神楽坂が待っていたからだ。


俺たちは、神楽坂に先導されてクラブの隣にある公園に連れて行かれた。そこのベンチに日向さんをそっと寝かせる。頭を軽く持ち上げて鞄(かばん)を枕(まくら)にし、俺のジャケットを脱いで被せてあげると、日向さんは猫のように手足を抱きかかえてきゅっと丸くなった。

俺は眠る日向さんの横に腰を下ろした。彼女の体は軽かったが、女の子を背負うこと自体に緊張感があってへとへとだった。

対照的に、立ったままこちらを見下ろしている神楽坂は、バトルで優勝した直後だというのにまるで疲弊している様子がない。

「日向、何で寝てんだよ」

手をポケットに突っ込み、不機嫌そうに尋ねてきた。

「間違えてお酒を飲んだんだ」

「ちっ。委員長のくせに、とんだ不良だな」

舌打ちする神楽坂に、俺はとりあえずお祝いの言葉を伝えた。

「優勝おめでとう」

「別に、たいしたことねえよ」

「そうか？　どんなバトルでも優勝するのはすごいだろ」

「あんなレベルなら優勝できて当たり前だ。どいつもこいつも音楽を聴けてねえ」

そう吐き捨てるように言って、会話が途切れた。

沈黙が流れる。公園内は人気(ひとけ)がなく、騒々しかったクラブの中と違い、木々の葉が擦れる音と、日向さんの寝息しか聞こえない。肌寒くなりつつある十月の風が、俺たちの間を通り抜けていく。

しばらくして、神楽坂が俺を睨みつけながら口を開いた。

「……ま、あのクラブにいた中で唯一相手になりそうなのはお前くらいだな」

「は、俺？」

「お前、ダンサーだろ？　立ってる姿を見れば分かるぜ」

俺は神楽坂から視線を外して俯いた。前髪を引っ張る。

「俺は別に……そもそも俺のこと、市役所で見るまで知らなかっただろ？」

「当たり前だろ。お前、休み時間中ずっと机にかじりついて勉強してるじゃねえか。毎日毎日、飽きもせずによ」

確かに俺が教室から出るのは明夫と学食に行く昼休みだけだ。教室が隣とはいえ、違うクラスの神楽坂とはすれ違いもしない。

「俺は別に上手くないぞ」

「そうかもしれねえな。結局は踊ってるとこを観ないと分からねえ。でも日向にしつこく基礎させてたり、アドバイスの内容を聞いてると、やる奴だってことは分かる」

神楽坂は部活終わりに欠かさず市役所に来ていた。ちらほらと大学生や大人のダンサーも練習しに来ていたが、毎日通っているのは俺たちと神楽坂だけだった。

「俺は頭でっかちな知識タイプなんだよ」

「あれだけ偉そうに語っておいて、本当は下手だったら笑えるぜ」

「ていうか、盗み聞きかよ」

そう言いつつも、同じ場所で練習しているのだから、盗み聞きするつもりはなくても話し声が聞こえてしまうのも無理はないとも思う。

「市役所では一回も踊ってないよな。怪我か？　それともダンスをやめて勉強しないといけない事情でもあるのか」

「そんなことより、何であの部長と出たんだ？」

ダンスをやめた理由を話すつもりはないので、俺は強引に話を変えた。

「神楽坂ならもっと釣り合うダンサーがいるだろ。ぶっちゃけ部長は今日の中でも中の中、優勝できたのは間違いなく神楽坂のおかげだ」

すると神楽坂は露骨に不機嫌になり、眉間にしわを寄せた。

「……ちっ。別に出たくて出たわけじゃねえ。仕方なくだ」

「そうなのか。確か付き合ってるんだろ？」

「はあ？　ふざけんなよ。誰があんなクズと」

噂とは違うようだ。それなら明夫の恋が実る可能性が……、

「私は自分よりダンスが上手い男じゃないと、男とは認めねえからな」

と思ったが、条件はかなり厳しい。

「ってことは自分より下手でクズ呼ばわりしている部長と、わざわざレベルの低いバトルに出たのかよ」

「しつこいな！　どうでも良いだろうが！」

大きめの声を出された。これ以上聞かない方が良さそうだ。誰にでも話したくないことはあるし。

「……とにかく。日向に伝えろよ」

「何を？」

「文化祭、もう出なくていいってよ。そいつの出場（エントリー）は取り消された」

「は？」

思わず聞き返す。日向さんはそれを目標に頑張っているのに。

「聞こえなかったか？　もう出なくていいって言ってんだよ」

「何で急に。第一あの部長が納得しないだろ。あいつ陰湿そうだし」

そう言うと、神楽坂はぷっと吹き出した。片眉をひそめ、柔らかく目を細める。

「ああ、確かにあいつは陰湿なクソだけど、とにかくいろいろあったんだよ。日向にはもう無理しなくて良いって伝えろよ」

拍子抜けだが、出ないで済むならそれに越したことはない。日向さんも寝不足の日々から解放される。

「そうか……分かった。伝えとくよ」

「日向がダンスをなめてないことは分かった。あれだけ同じ場所で練習したんだからな」

「教室での一件のあと、神楽坂さんを怒らせてしまって反省してるって言ってたぞ。ちゃんと話す機会さえあれば謝るつもりだと思う」

「ああ、あのときはめちゃくちゃムカついたな。ダンスなんかより勉強しろだなんて、先公みたいなこと言いやがってよ」

神楽坂は日向さんから視線を外し、思い出すように遠くを見た。

「あいつら、ダンスをしていて将来どうなる、好きなことで金を稼げるのは一握りだ、歳(とし)を取って動けなくなったらどうするんだって、バカのひとつ覚えみてえに将来の話を持ち出してきやがる。ガキ相手ならそれでマウントを取れると思ってるんだ」

それを聞いて、俺はひたすら前髪を引っ張っていた手を止める。その教師たちの発言は、この前母さんと口論したときの俺の主張と全く同じ内容だった。

「将来もクソもない。私は今の話をしてるんだっつうの」

神楽坂はそう言って舌打ちをし、続ける。

「私にとってダンスは趣味だ仕事だなんてレベルじゃねえ。ダンスをするなってのは呼吸をやめろって言ってるようなものだ。ダンスしないと生きていけねえんだ。それに本気で踊る楽しさを知って、やめられる奴なんているわけねえ」

「…………」

俺は黙ったまま、否定も肯定もしなかった。

「そもそも日本の教師って頭どうかしてるぜ。金髪は地毛だっつってんのに、わざわざ黒に染めて周りと合わせろとか言いやがる。イカれてる」

「……神楽坂は日本人じゃないのか？」

「母さんは日本人で、父さんはアメリカ人だ。生まれは日本だが、小中のほとんどはニューヨークのハーレムにいた。危ねえ奴は山ほどいたが、一緒に踊れば友達になれた。向こうじゃダンスをやめさせようとする大人なんか一人もいねえ。ストリートでは自分を守る一番の武器になるんだから」

　なるほど、それなら以前日向さんと揉めたときの発言も頷ける。ハーレムのストリート育ち。本場のダンサーだ。

「日本の高校に通うのは楽しみだったんだ。特に部活をしてみたかった。ダンス好きの同年代（タメ）と一緒に大会に挑戦するなんて最高じゃねえか。だけど実際入ってみたらクソだった」

「部活、楽しくないのか？」

　高校生ダンスコンテストの動画を思い出す。神楽坂が二十人弱のチームの端っこにいて、周りから浮くほど実力が突出しており、一人だけ個人賞を獲得していた、あの動画。

「ダンス部の奴ら、アフリカ・バンバータもクール・ハークも知らねえし、普段ブラックミュージックを聴く奴は一人もいねえ。好きなダンサーにアイドルの名前を挙げやがるし、ヒップホップ四大要素すら答えられねえ」

「確かに、歴史や文化を知らずに単なるエンタメとしてダンスをしてる人は多いな」

大半の高校生ダンサーは、ヒップホップの意味やルーツとなったアーティストに興味なんかないだろう。

「でも、知識がないのは別にいいんだ。興味が出たら学べばいい。初心者なんて最初は楽しい、かっこいいだけで充分だ。本当に終わってるのは、練習しねえくせに上手い奴にいちゃもんつけるところだ」

神楽坂のチューインガムが膨らんで、パチンと割れた。

「部活のあと、市役所の練習に誘っても絶対に来ねえ。なのにメンバーに選ばれないことには文句を言う。そんな奴らのダンスからは何の匂いもしねえ。現状に不満があるならもっと死にものぐるいでやってみろってんだ。そいつみてえに」

神楽坂はふんと鼻を鳴らし、日向さんに視線を向けた。

「そのアディダスのブルゾン、Run-D.M.C.を意識してるだろ。初心者にしては分かってるじゃねえか」

さすが神楽坂、その通りだ。ヒップホップアーティストとしてだけでなく、八〇年代、世界中の若者の思想やファッションに影響を与えた伝説的ラップグループ。ロックとラップをクロスオーバーさせた代表曲『Walk This Way』はあまりに有名で、日本のバラエティ番組などでも耳にする。この服を選んだのは俺だが、それは黙っておくことにした。

神楽坂の表情が僅かに綻ぶ。しかし、不意にポケットからスマホを取り出し、画面を見た瞬間、顔色が変わった。小さく舌打ちをした。

「カイト、ここにいたのか。たった今メッセージを送ったところだ」

その直後、部長がやって来た。優勝がよほど嬉しいのか、晴れやかな顔つきだ。対照的に、神楽坂は白け切っている。

「……部長、もういいんすか」

「ああ。いろいろ繋がりは作れたからな。やっぱ優勝すると周りの見る目が変わるぜ。

部長が俺たちを見下ろしながら怪訝な顔で睨む。

「……誰だよコイツら」

「さあ、知らない奴っす」

神楽坂がそっぽを向いて答えた。

「寝てる女、かわいーじゃねえか。……ん？　なんか見たことあるな」

「一ヶ月くらい前にダンス部の入部テストに落ちた、一年の女子です」

俺はそう言って、すぐに後悔した。わざわざ言う必要はなかった。現に神楽坂も知らない奴だと突き放してやり過ごそうとしてくれた。

でも、部長の何も知らずに幸せそうにしている顔が嫌だった。

「入部テスト？　ダンス部にそんなの……ああ思い出した。あのときのメガネの女か。何か雰囲気変わったな。観に来てたのかよ」

「……そうらしいっすね」

神楽坂が俺を睨む。

「じゃあ、文化祭に出ないでよくなって安心しただろうな。俺らには勝てないって思い知っただろ」

得意気だ。神楽坂のおかげで優勝できたくせに。

「もういいっすよ。行きましょう」

「おう。メガネ、お前名前なんて言うんだよ？」

「遊間です」

「そうか。その女に伝えておけよ。今回約束通り優勝できたし、カイトに免じて文化祭のエントリーは取り消すが、ダンス部はいつでも挑戦を受け付けてるぜ、ってな」

「……ちっ」

神楽坂は本日何度目かの舌打ちをして、俺たちに背中を向けた。そのまま足早に歩き出す。それを部長が小走りで追いかけて行った。

二人が見えなくなって、俺は肩の力を抜き、寝ている日向さんを見下ろした。俺のコーチジャケットを鼻先まで被り、襟のあたりを両手でぎゅっと握っている。

察するに、神楽坂が部長とチームを組んでバトルに出た理由は、日向さんのためだ。今回限り一緒に出場し、優勝することを条件に、日向さんの出場を取り消した、という流れだろう。

神楽坂はダンスに真摯だ。やる気のある人が面白おかしく晒されるのは彼女の本意ではないはず。きっかけが自分だったから責任を感じていたに違いない。それを自身の口から言わない辺りは神楽坂らしいな。

部長が優勝したかった理由はどうでもいい。どうせ学校で自慢したいから、とかだろう。

日向さんは一向に起きる気配がなく、俺は風に揺れる公園の木々や、芝生の上を練り歩く鳩たちを眺めた。時間の流れが緩やかだった。勉強とダンスの指導で、最近は常に時間に追われている感覚がつきまとっていた。

今日、遠目で神楽坂のバトルを観て、改めて日向さんが勝つのは難しいと思った。そして文化祭の出場が取り消された以上、もうその必要はない。わざわざ負ける戦いをしなくて済む。

日向さんへの罪悪感から始まった俺の役目は、終わったのだ。

明日からは勉強に集中できる。本来、文化祭準備で忙しくなるこの時期は、他の生徒たちとの学力の差を縮めるチャンスだ。日向さんもこれまでのように睡眠時間を犠牲にせず、自分のペースで練習できる。ダンスを趣味にして長く楽しみたいならそれが良い。日向さんなら、いずれ絶対に部長を倒せるレベルまで成長できる。

文化祭に出なくてよくなったのは良いことだ。そう思いながらも、どこか空虚な気持ちになっている自分がいた。


日向さんが目を覚ましたのは、陽が沈んだ後だった。

「もう、二人での市役所練習はやめよう」

地下鉄に乗って座席に腰かけ、しばらくしてから俺が言った。

「え……、寝ちゃったから、怒ってるんですか？　ご、ごめんなさい、全然記憶が無くて……オレンジジュースがちょっと苦かったのだけは覚えてるんですけど」

勘違いして取り乱す彼女に、俺は首を振った。

「そういうわけじゃなくて、文化祭のバトルのエントリーが取り消されたんだ。部長と神楽坂がそう言っていた。もう出なくてもいいんだ。だから、俺たちが毎日していた市役所での練習も、終わりだ」

日向さんはぴたっと動きを止め、目を見開いた。

「取り消された……？」

「そうだ。もう無理に焦って練習する必要はないんだ」

俺は確信を抱いていた。

事実がそうであっても、きっと彼女は。

「そうなんですか……。でも、私、バトルに出たいです」

日向さんは、自分の両膝を見つめながら言った。

「そうか」

そう言うだろうと思っていた。これまでの彼女の前向きな姿勢を見ていれば分かる。

「一応忠告しておく。ダンスバトルを趣味として続けたいなら、無理をして文化祭に出る必要はない。最初は今日みたいな普通のバトルイベントに出た方がいい」

「何か違いがあるんですか？」

「バトルだけのイベントにわざわざ来る観客は、そのほとんどがダンスをかじった人たちだ。だから初心者がバトルに出ることの大変さが分かってる。変にいじったりしないし、温かい目で見てくれる」

日向さんは小さく頷いた。

「けれど文化祭のような一般客も多いイベントでは、ダンスを深く知ってる客なんてほとんどいない。さらに客層が若い素人の場合、下手だと問答無用にいじられる。動画を撮られて晒されたりして、その後の高校生活にも影響が出るかもしれない」

ダンサーの中にも部長みたいに初心者をけなすような者もいるが、それは例外だ。さらにこれは日向さんには言えないが、彼女に学力面で嫉妬(しっと)している層もいて、そいつらに攻撃材料を与えることにもなる。

上手く踊ることができればプラスは大きい。しかし総合的に見て、初バトルが文化祭になるのはリスクの方が高いと俺は判断する。

「そう……なんですね」

日向さんはうつむきながら、膝の上で両手を握った。

「でも私は、恥をかくんでしょうけど、馬鹿にされるんでしょうけど。出たらダメだと言われたら出ませんが、出られるなら出ます。それに私、知りたいんです」

「知りたい？」

「ダンスバトルって、ギャング同士が抗争の代わりにダンスで決着をつけるようになったのが始まりって言われてるじゃないですか」

「ああ、それが定説だな」

「でも、それって冷静に考えたら、信じられない光景じゃないですか？　銃やナイフで殺し合いをしていた人たちが、ある日を境に武器を捨てて、向き合って踊り始めたってことですよ」

当たり前のように受け止めていたが、確かにそう言われてみるとすごいことだ。どういう飛躍があったらそうなるんだろう。

「相手に危害を加えたり、自分が傷つかなくても問題を解決できるようになって……、きっとその人たちや周囲の人にとって、ダンスバトルは世紀の発明で。その日は、人生が変わった日になったと思うんです」

日向さんは、顔の前で両手の指を合わせた。

「私は喧嘩なんてもちろんできませんし、頭の中の考えを言葉にするのも苦手です。でも、ダンスでなら想いを伝えられるかもしれない。私はダンスバトルっていう発明を使って、神楽坂さんや部長さんと向かい合いたいんです。それを同級生たちに観てほしいんです。そのとき世界がどう見えるのか、知りたいんです」

そう言いながら、穏やかな微笑みを浮かべる。俺に向けられた瞳に映っているのは、まるで夢のような、幸せな未来だ。

「……部長にはあんなに酷いことをされたのに？」

そう尋ねると、日向さんは思い出したように苦笑した。

「酷いこと……でしたね。でもあのおかげで遊間くんに教えてもらえることになったので、感謝しています」

彼女は本気でそう思っているらしい。瞳は変わらずまっすぐで、憎しみや悔しさなどの負の感情は一切見られない。

——どうして日向さんと俺は、こんなにも違うのだろう。

心の底から疑問に思う。

周りの目を気にして、損得を判断基準にして。

どうすれば勝てるかばかりを考え、しがみつくように希望を求めて全ジャンルに手を出して、結果的に楽しんでいるチームメイトに嫉妬していた俺と。

やさしい未来を思い描き、憎むべき相手にすら感謝できる日向さん。

俺にとってダンスバトルは、いかに敵の弱点を突いて己の実力を高く見せるかの競い合いだ。

でも彼女にとっては、お互いを理解し解決を図るためのコミュニケーションだ。取り組む姿勢がまるで違う。

日向さんと一緒にいると、自分の見たくない黒い部分にまで光を当てられているかのようだ。

あまりに眩しすぎて、息苦しくなるほどに。

「で……、実は、ひとつお願いがあって」

日向さんが視線を下に落とす。両手の指を絡ませてためらいながらも、やがて横目で俺を見ながら言った。

「本当は遊間くんと、……も。一緒に、文化祭に出たいんです」

「俺と？」

「はい。もちろん、遊間くんが踊りたくないのは分かってます。遊間くんって、教えるときに見本としてやって見せれば早いのに、絶対しないじゃないですか。普段は何でも効率重視で、目的達成のためなら手段を問わないって感じなのに、自分で踊るのだけは絶対しない。きっと事情があるんだろうなっていうのは分かってるんです」

「それは……」

「でも、わがままですけど、私は、遊間くんのことが知りたい。私のことも分かってほしい。一緒にダンスして、もっともっと、分かり合いたいんです……！」

様子を窺う（うかが）ようにこちらを見ていた目を、ぎゅっと閉じた。

日向さんのことだから、触れにくいことに触れてしまって申し訳ないとでも思っているのだろう。そう思わせるほど、俺は徹底して踊らなかった。

「俺は」

「は、はい！」

期待するような表情の彼女に、はっきりと伝える。

「俺は、出ない。でも日向さんが出たいなら止めない」

日向さんは唇をきゅっと結んで一拍置いた後、力なく笑った。

「……そうですよね。すいません、変なこと言って」

口角を無理やり上げているように見えた。

「いや、別に気にしなくていい」

「じゃあ……、もう一人で、大丈夫です。遊間くん、勉強で忙しいのに付き合わせて、すいませんでした」

「……文化祭まで一人で練習するってことか？　たとえばスクールに通うとか……俺がいろいろ調べて、日向さんに合いそうなところを」

「いえ」

俺の言葉を遮り、首を振る。

「遊間くんは、何も知らない私が流れで無理やり出場させられることになったから、今日まで協力してくれたんですよね。でも今は、いろいろ知った上で、私の意志で出ることを決めたので、もう協力してもらう義理はありません。……だから」

そこで、もうすぐ駅に到着する旨を伝えるアナウンスが車内に流れた。

「い、今まで本当に……、ありがとう、ございました」

彼女が途切れながら発した感謝の言葉は、車両の甲高いブレーキ音に重なってほとんど聞こえなかった。

「……着きましたね」

扉が開き、日向さんが立ち上がる。俺は頷いて、彼女と共に車両を降りた。改札を出て、待ち合わせしていた駅前で解散した。

三週間とちょっとという短い期間だったが、俺たちの師弟関係は解消された。

五　俺には価値がないから

それから俺（おれ）は、日向さんにダンスを教えることで浪費していた時間を取り戻すため、より一層勉強に力を注いだ。

勉強時間が増えたことで、中学レベルの問題集は全（すべ）て解き終え、ついに高校生用に入った。さすがに難しいが、みっちり基礎をやったので時間さえかければちゃんと理解できた。

クラスが文化祭ムードで盛り上がる中、俺だけはひたすら勉強をしていた。

俺が所属する一年B組は、和風お化け屋敷をやるらしい。俺は全ての準備作業から除外され、本番は二宮金次郎（にのみやきんじろう）像のお化けとして、薪（まき）を背負い、端っこでひたすら勉強をする役に決まった。クラスの実行委員には「いつも通りで充分不気味だから、何の演技もする必要はない」と指示された。文化祭当日まで勉強できるなんてありがたいと思った。

あっという間に一週間が過ぎた日の昼休み、学食から教室へ戻るため明夫と歩いていると、向かい側から日向さんが山積みのノートを抱えて歩いてきた。

おそらく学級委員の仕事だろう。ノートは三十冊ほどあり、腰から胸の高さまで積まれている。女の子が一人で持つには重そうだ。

「あ、遊間くん」

日向さんが俺に気付く。話すどころか、目が合うのさえ一週間ぶりだった。懐かしさすら覚える。

返事しようとした瞬間、背後から男子生徒が走ってきて、日向さんを追い抜きざまに軽く肩がぶつかった。ノートの山とともに、日向さんの体が傾いた。

「わっ」

「危ない！」

とっさに手を伸ばした。倒れる、と思った。

ところが俺の助けは必要なく、日向さんは体をくるりと反転させて、ノートを一冊も落とさずにバランスを立て直した。ととと、と全身を上手く使ってノートが重なる山を微調整する。

それを見た明夫が横で「ほお」と感心している。日向さんは照れくさそうに笑った。

「えへへ、久しぶり、ですね」

「元気そうだな」

「はい。今、ウインドミルの練習をしてるんです。まだチェアーに乗れたばかりですけど、全身筋肉痛で辛くて」

ウインドミルはブレイクダンスの代名詞のような技だ。背中を地面につけて、足を大きく旋回させるパワームーブ。見た目が派手なため素人受けは抜群で、体育の時間にやって観せたら間違いなくクラスのヒーローになれる。

しかし、実はパワームーブの中では比較的難易度は低い。体を返すタイミングを合わせるための練習量と柔軟性が鍵で、筋力はさほど必要ない。ネットで検索すれば、小さな子どもが何回転もしている動画が山ほど出てくる。

「頑張ってるんだな」

「はいっ」

元気よく返事して、日向さんは歩いて行った。

筋肉痛で辛いと言いながらも、表情は充実している。その晴れやかな笑顔を見ると、もう俺は必要ないんだな、と実感する。

「驚いたね。日向あかりって鈍臭いイメージだったけど、あのバランス感覚は見事だね」

いつのまにか俺から距離をとっていた明夫が、日向さんの背中を見ながら近づいてきた。

「ダンスをして改善されたんだよ」

歩き出しながらそう答えると、明夫は俺を追いつつ、興味深そうに尋ねる。

「ダンスをすると運動神経が良くなるのかい？」

「運動神経っていう漠然としたものじゃなくて、厳密には『コーディネーション能力』が上がるって言われてる」

「コーディネーション能力？」

「リズム感、バランス感覚、適切な力加減や急な動作の切り替え方……、つまり自分の体がどういう状態かを把握して適切に調整するための能力のことだ。運動神経が良いって言われる人は大体この能力が高くて、実際に幼い頃にダンスを経験すると他のスポーツをしたときに成長が早いんだと」

明夫がへえ、と深く頷いた。

「高校生から始めても効果はあるのかい？」

「効果的なのは、一生のうちに最も運動能力が発達する九歳から十二歳あたり、らしい。一応いつ始めても成果はあるそうだ」

明夫は腕を組み、口元をひくつかせて言った。

「悠一郎くん、ダンスが嫌いだと言った割にずいぶん詳しいね。それに日向あかりとも仲良いみたいだし。僕は彼女と知り合いでも何でもないけど、あんなに良い笑顔は初めて見たよ」

「ダンスは嫌いだよ。それに日向さんには、この前自習室で少しだけ勉強を教えてもらっただけだ」

「へ……、日向あかりに？」

明夫がはっとして立ち止まる。

「ということは悠一郎くん、僕はもう必要ないってことかい？」

「は？」

「だって学年トップの日向あかりが勉強を教えてくれるなら、三十二位の僕なんて用無しじゃないか」

「別に勉強のためだけに明夫と一緒にいるわけじゃないぞ」

俺がそう言うと、明夫は胸を撫(な)で下ろして歩き出した。

「ふう、安心したよ。つまり僕と君は損得勘定抜きのかけがえのない親友、ということで構わないね？」

「まあ……、否定はしないが……」

明夫が満足そうに頷く。そして思い出したように話を変えた。

「それにしても、日向あかりの笑顔はなかなか魅力的だね。僕が神楽坂カイトと出会っていなければ恋に落ちていた可能性は十二分にあるよ。もし悠一郎くんが日向あかりを好ましく思っているなら、僕は心から応援するよ。ふふ、これが恋バナってやつだね」

明夫は照れた表情で鼻の頭を人差し指でこすった。俺は明夫と違って恋愛に興味はないのだが。

「明夫が思ってるようなものじゃない。……そういえば神楽坂とダンス部の部長は、実際には付き合ってないらしいぞ」

「そんなことはとっくにリサーチ済みさ」

「それと、神楽坂は自分よりダンスが上手くないと男として認めないらしい」

「何だって？　どの筋からの情報なんだい？」

「あー、まあ、噂だ」

明夫は急に無言になった。それ以降、授業中もどこか上の空だった。

◇

文化祭まで二十日を切った。

明夫いわく、日向さんは目に見えて明るくなり、笑顔も増えてきているらしい。市役所での練習も続けていて、以前は離れて練習していた神楽坂と会話する姿も目撃されている。神楽坂はダンスに一生懸命打ち込む日向さんを認めているので、邪険にはしないだろう。

むしろ神楽坂の刺々しい態度は、日向さんの前向きさの前には意味をなさない。案外相性は良いかもしれない。

それに伴って、学年内での日向さんの印象が「勉強だけが取り柄の根暗な女子」から、「神楽坂に絡まれても退かない度胸がある子」という見方に変わってきたという。

ダンスバトルに関しても応援する声をよく聞くようになったらしい。二人の仲が良い上で行われる企画としてのバトルなら、腫れもの扱いする必要もないからだ。

俺の勉強も順調だ。俺と日向さんの接点はほぼ無くなり、お互い関わることはなくなったが、それぞれが目標に向かって着実に進んでいる。

これは、良い傾向だ。


「ユウちゃーん、何で起こしてくれないのー？」

そんなある日の朝、母さんが口を尖らせて言った。寝癖で前髪が跳ねている。俺は歯ブラシをくわえながら、テーブルに母さんの分のトーストを載せた皿と、コーヒーを並べる。

「まだ仕事には間に合う時間だろ？」

「こんな寝起きのだらしないとこ、ユウちゃんに見せたくないのにいー」

母さんは前髪を手で押さえつつ、皿の前に腰かけた。

「息子に対して見栄を張るなよ」

「だってお母さんはきれいな方がいいでしょー?」

「どっちでもいい。どうせ化粧してもたいして変わらないし」

「むむ、褒めてるともけなしてるとも取れるなー。でもユウちゃんは優しいから、きっとお化粧が必要ないほど素がかわいいって意味だよねー?」

いつもと変わらずマイペースな母さんに、ため息をつく。

「とにかく朝ご飯くらい俺にも準備できるんだから、仕事ぎりぎりまで寝てろよ」

「もー、ご飯を作るのは私の趣味なのにー」

「趣味より体調の方が大事だ。最近帰りが遅いし疲れてるだろ。昨日だって、俺が寝てる間に帰って来たみたいだし。この前、大学生のバイトが入ったから人手不足が解消されたって言ってなかったか?」

「そうだったんだけど、最近は色々あって忙しいのー。でもそれとこれとは関係ないしー」

「俺が早起きなのは早く学校に行って勉強するためだし、俺に合わせる必要はない。これから朝は俺が用意するからな」

「えー」

「再来週、数学の小テストがあるんだ。それでクラス平均以上の点を取りたい。文化祭の準備で忙しいから、今回は平均点がやや下がるはずだ。俺にもチャンスがある」

「むむ……分かったー。じゃあ今月だけお願いねー」

断られるかと思ったが、母さんは素直に頷いた。マグカップを両手で包むように持ち上げ、ふーふーと息を吹きかけている。俺は仕度を終え、靴を履いた。

「じゃあ、行ってくる」

「はーい。いってらっしゃーい」

トーストを頰張りながら、大きく手を振り見送ってくれた。手と一緒に逆立った前髪の寝ぐせも揺れていた。

母さんは、柔らかい態度とは対照的に頑固だ。いまだにバイトの許可も降りないし、普段だったら朝食の件も譲らない。だからすんなり了承されたのは意外だった。

いつもは絶対に阻止するが、今夜は特別に俺のダンス動画を観ていても気づかないフリをしてやるか。そう思いながら学校に向かった。

母さんが職場で倒れたと聞いたのは、その日の夜だ。

日付が変わる時間になっても帰って来なかったので、ちょうど連絡しようとしたところで、駅裏のエリザベッタから着信があった。

「母さん！」

俺はすぐにタクシーを捕まえて病院に駆けつけ、病室のドアを勢いよく開けた。ベッドが四台あり、三台は空いている。母さんは右奥の窓際に横になっていて、ベッド上部が四十五度ほどの角度で起き上がっている。

「ユウちゃん、いらっしゃーい。こんな夜中にごめんねー。明日の放課後でも良かったのにー」

いつもと何ら変わらない笑顔。まるで家にいるかのようだ。

「だ、大丈夫なのか？」

そう尋ねながら、俺はベッドの横にある椅子に腰を下ろす。

「大丈夫よーう。メッセージで伝えたでしょ？　ちょっと疲れただけだもーん」

「いや、過労で倒れるって結構なことだぞ」

「そーう？　ドラマでよくあるじゃーん。一回やってみたかったのよね、過労で倒れるお母さんの役。私の中では人生で経験したいランキング上位だよー。そんなことよりユウちゃん、お腹空いてなーい？」

茶化したように笑い、サイドテーブルからお見舞いでもらったと思われるりんごを手にとった。一緒に皿の上に載っていた果物ナイフも握る。

　そこで、俺は母さんの右手に包帯が巻かれていることに気づいた。

「どうしたんだよ、この手？」

　質問しながら母さんの手をそっと掴み、りんごとナイフを奪いとる。怪我しているのなら手を使う作業をさせるわけにはいかない。母さんは、あーんと甘えた声を出した。

「もー、ただの火傷だよーう。久しぶりに厨房に入って、料理失敗しちゃっただけー」

「それだけ疲れてたってことだろ。全く、早く言えよ。母さんはがんばり過ぎなんだよ」

「あははーそうかなー」

　褒めているつもりはないのに、照れたように頭の裏をかいている。

「どれくらい入院するんだ？」

「ちょっと胃の病気が見つかってー。二週間くらいになるかもって」

「胃の病気⁉」

　俺はつい大きな声を出して立ち上がってしまう。

「あまり騒がしくしないでください。消灯時間は過ぎているんですからね」

　その声は病室の外まで漏れていたようで、看護師の女性が扉を開けて注意してきた。俺は小さく頭を下げて咳払いをし、座り直す。

「胃の病気って何だよ？　もしかして、癌とか……大丈夫なのかよ⁉」

「あはは―、そんなたいそうなものじゃないよ―」

自分の指先が冷たい。急に鼓動が早まった。でも、もし母さんがいなくなったら？

親父が亡くなったときは、何とも思わなかった。

――そんなの、耐えられない。絶対に嫌だ。

「ユウちゃん、何その顔―？　まるでお母さんが死ぬみたい。勝手に殺さないでよ―う。念のため二週間入院するけど、命に別状はないし、治療も薬を飲むだけだし」

「そ、そうなのか」

慌てて何気ない顔を作る。とりあえず大丈夫そうで、ほっとした。

「入院って生まれてはじめてだから楽しみなんだ―。ちゃんと友達できるかな―」

楽しみなわけがない。責任感の強い母さんのことだから、きっと家や仕事のことが気になってしょうがないはずだ。

「……母さんならできるよ」

けれど、俺にできることは何もない。せいぜい、俺に心配させないように明るく振舞う母さんのノリに付き合ってやることくらいだ。自分の無力さに嫌気がさす。

俺はりんごの皮をむこうと構えた。

「ユウちゃん、綺麗にできる―？」

「さあ、やったことないし」

「じゃあ教えてあげる。こっちにおいで」

母さんが手招きする。

「そんなの……、分かった」

断ろうとした。りんごの皮むきなんて、やってみればできるだろうと思った。でも何となく、母さんと一緒に何かをしたくなった。

「ほらー、こうやってナイフを親指に当てて。指に気を付けて、刃を寝かせて」

母さんの手が、俺の両手を包むように外側に添えられる。温かい。懐かしい感じがする。

と同時に、違和感もあった。

「ユウちゃんの手、大きいねー」

母さんの手は、小さかった。

「ゴツゴツしてて、男の子の手って感じ。背も伸びたしー、体重なんてついこの前までこのりんごくらいの重さしかなかったのにねー」

「そんなわけないだろ。生まれた瞬間からこれよりは重かったよ」

「生まれてすぐは泣き虫だったなー」

「それは誰でもそうだろ」

「一歳まではりんごみたいに赤かったのにー」

「は？　赤くなんて……あ、赤ちゃんって意味か？」

母さんがぷっと吹き出す。

「ちょっとー冗談言うのやめてよー」

「そっちが言い始めたんだが。理解できたことを褒めろよ」

「ユウちゃん、高校で友達できたー？ 恭ちゃんたちと離れて寂しいんじゃない？」

咄嗟に頭の中で数える。明夫と日向さん、ダンスについて語ったという点では神楽坂も入れていいだろう。

「三人できたぞ」

「たった三人だけー？」

「友達は数じゃないだろ」

「それもそっか。今度お家に連れて来てよー」

「あー、まあ、今度な」

「約束ねー。まさかこんなに弱ってるかわいそうなお母さんとの約束を破らないよねー？」

「そういうの卑怯だぞ」

「ふふ、じゃありんごをゆっくり回転させてー……」

そうして母さんにいじられつつもサポートされて、りんごの皮むきをした。簡単だろうと思っていたが、やってみたらデコボコで不格好で、意外と難しかった。あまり味がしなかったけれど、きっと俺は、今後りんごを食べるたびに今日のことを思い出すのだろう。

母さんが入院している間、俺はひたすら勉強した。

寝る時間すら惜しかった。寝るつもりはなかったのに気がついたら机に突っ伏していて、大体それが一日あたり一、二時間ほどあった。そんな生活が続いた。

毎日お見舞いに行った。そこで母さんの顔を見るたびに、母さんが倒れたのは俺のせいだと再確認させられるようだった。

俺を育てるために無理して働いたから倒れたのだ。俺がいなければ母さんは無理をしていないし、さっさと再婚して幸せになっているに違いない。

これほど頑張ってくれている母さんのために今の俺に何ができるかを考えたら、やっぱり勉強しかない。それなのに未練がましく、日向さんのためと称してダンスに関わった。時間を無駄にした。ダンスなんて将来何の役にも立たないのに。

食事をとる時間が無駄だと思った。それに、食べたら眠くなるから、食べない方が効率が良い。一日一食にし、一食の量も半分程度にした。昼休みに明夫と学食に行くのも時間がもったいないのでやめた。母さんからご飯食べた？　としつこいくらいメッセージが来るが、心配させないために食べたと嘘をつき続けた。

明夫には「悠一郎くん、勉強中もはや殺気が出ているよ」と心配された。

母さんには「私より顔色が悪いー」と頬をつねられた。クラスの実行委員には「お化け役だからって役作りがんばりすぎ」と困ったように言われた。

鏡で自分の顔を見た。目は真っ赤に充血して、頬はやつれている。全体的に肌が青い。でも、足りない。もっと努力しないと。俺にできることは勉強しかないのだから。

母さんが退院する日、数学の小テストがある。それでクラス平均以上の点数を取りたい。母さんが倒れる前まではあくまで努力目標のつもりだった。取れたらいいなと思っていた。でも今は、絶対に達成すると決めている。

深夜、自宅で勉強していて、ふと玄関に目を向ける。間延びした声で「ただいまー」とドアを開ける母さんが見えた気がした。目を離すとダンス動画を観ようとして、「勉強なんかしてないで一緒に観ようよー」と誘ってくる、いたずらっぽい笑顔も。

母さんの気配がない部屋はやけに静かで、広く感じられた。時計の秒針が動く規則的な音と、俺がペンをノートに叩きつけるような音だけが部屋に響いていた。

小テスト当日。朝まで勉強していたので、陽の下に出るとくらくらする。瞼の上あたりに慢性的な鈍い痛みがある。体調が悪い日が続いている。でも成果を出すためには、犠牲はっきものだ。俺のような凡人は、他人より多く時間を費やして努力しないといけない。

予定通り、昼休み明けの数学の時間に小テストが実施された。採点結果はすぐに出た。教科担任がExcelに全員の点数を打ち込み、クラス平均が発表される。俺の七十七点に対し、クラス平均は七十五点だった。

たった二点上回っただけだが、何とか目標をクリアできた。入学してからずっと赤点ギリギリだった俺からすればすごいことだ。

人生で見たことのない高得点で、しかも苦手な数学。きっと拳(こぶし)を振り上げて喜ぶだろうと思っていた。

しかし、真っ先に意識できた自分の感情は「嬉(うれ)しい」ではなく「安堵」だった。

そんな自分に驚いて、後ろの席の明夫が何かを言っていたが、内容は覚えていない。

放課後、俺はいつも通り自習室にこもるか、それとも退院して家にいるはずの母さんに会うためにすぐ帰宅するかを悩んだ結果、自習室に行くことにした。

母さんが無事に家に着いたことはメッセージで確認できている。なら俺がすべきことは少しでも勉強することだ。母さんは常日頃から、俺がしたいことを思いっきりしてほしいと口癖のように言っている。だからきっと、早く帰るより勉強した方が喜んでくれるに違いない。

それに、いくら俺にしては高得点だったとはいえ、所詮（しょせん）は七十七点。満点ではない。

クラスメイトたちは文化祭が終われば勉強に集中できるので、次回からはクラス平均も上がるだろう。この勝利はあくまでイレギュラーだ。今の勉強量を習慣化できなければ戦えない。

「……つっ」

頭の中でやるべきことは明確だ。ところが、体は限界だったらしい。

自習室に向かうために廊下を歩いていると、突然足から力が抜け、地面の感覚が消えた。まるで何十回もターンした直後のように、三半規管が麻痺（まひ）している。自力で立っていられず、よろけながら壁に手をつく。

視界がやけに眩（まぶ）しくて白っぽい。こめかみのあたりを鈍器で打ち付けられているような衝撃が規則的に続く。

ここ最近こういうことが何度かあったが、今回は特にひどい。ちっとも治まらない。

俺は思いっきり壁を殴った。

拳が熱い。たぶん血が出ている。こうすると痛みで意識を保てるので、眠いときなどによくやっている。

ちょっと疲れて気分が悪いだけだ。

母さんはこの状態を何度も乗り越えて我慢した末に倒れたに違いない。

それなら俺はまだまだ大丈夫だ。倒れていないし、母さんより頑張っていない。

ああ、時間がもったいない。

こうして壁に手をついて寄りかかっている暇があるなら、問題集を一ページでも進めろよ。

自分に腹が立ってしょうがない。

汗が頬を伝う。滴となって顎(あご)から離れていく。

周囲のざわついた声が聞こえる。俺は荒々しく深呼吸を繰り返す。

まだやれるだろ。

努力するしかないだろ。それすらできなかったら。ダンスをやめて勉強もやめたら、次は何をすればいいんだよ。何のために生きればいいんだよ。

「遊間くん！」

喧騒(けんそう)のただ中で、その声はひときわ耳に残った。白っぽい視界で、人型のシルエットが近づいてくる。すぐ近くまで来たそれは、俺の肩を摑んだ。

「熱……っ、大丈夫ですか⁉ 手から血も……！ どうしたんですか⁉」

顔が見えなくとも、声で日向さんだと分かった。

「……大丈夫だ。少し疲れただけだ」

絞り出すように返事した。ちょっと休めば回復するはずだから、たいしたことはない。

「少し……？　少しどころじゃないでしょう、ひどい熱ですよ！」

「早く自習室に行って……勉強しないと」

「勉強!?　何言ってるんですか、こんな状態で」

「結果を出さないと。俺には価値がないから……、母さんのために、勉強しないと」

自分自身、何を言っているのかよく分からない。とにかく日向さんの匂(にお)いがする。クラブで密着したときに感じた匂い。見えないのに彼女の表情がはっきり想像できる。きっと眉尻(まゆじり)を下げ、困ったような顔をしている。

「遊間く……、ゆう……」

視界が徐々に暗くなり、音が途切れ途切れになっていく。肩を摑まれている感触も無くなり、やがて日向さんの匂いも消えてしまった。


「へえー、あかりちゃんはLil' homiesが好きなのねー」

額が冷たい、と思った。

「ダンスにハマったきっかけなんですか？　百合子さんもご存知(ぞんじ)なんですか？」

目を開けると、毎朝見ている天井があった。

「知ってるよー。こう見えて私、ダンスには詳しいんだー」

「さすが遊間くんのお母さんです」

「世界一のチームだもんねー。自分の息子と同い年の子たちが日本代表として世界で戦ってたなんて、信じられないなー」

「はい、私もです。アメリカ代表戦の動画は何度も何度も観ました」

ぼんやりとした意識の中で、母さんと日向さんが会話しているのが分かって、いろいろと状況が理解できた。

どうやら俺は学校で気を失って、現在は自宅の布団に寝ているらしい。額に載せられた濡れタオルをどかして、慌てて枕元にあったメガネをかける。そしておそるおそる上体を起こした。

「ユウちゃん、目が覚めたのねー」

居間にいる母さんが首を伸ばす。落ち着いた様子の母さんと対照的に、日向さんは心配そうに四つん這いで畳の上を移動し、俺の隣に来て正座した。

「遊間くん、気分はどうですか？」

日向さんに観察されるようにじっと見つめられ、俺はつい目を逸らしてしまう。

「大丈夫だ。……俺、倒れたんだな」

「すごい熱でした。横山くんがたまたま通りかかって、ここまで運んでくれたんです」

「はい。布団に寝かせるところまでして、あとは日向さんがついていてくれって。僕はいない方が良いって言って」

明夫は自分が惚れっぽい性格だから、俺も同じように日向さんに恋をしていると思っているのだろう。余計な気遣いだが、今度あったら運んでくれたことへの感謝だけは伝えておこう。

「ユウちゃーん、せっかく私が退院できたのに、次はそっちが入院するつもりー？」

テーブルに肘をついて、母さんが笑いながら言う。

「そうなったら入院費用が無駄だよな。気をつけるよ」

そう返すと母さんは呆れたような顔をして、カップから湯気が出ているコーヒーをすすった。日向さんは母さんに苦笑いをし、また真面目な表情に戻る。

「遊間くん、ちゃんと寝てましたか？　すごくやつれてますよ」

「布団で寝たのは二週間ぶりだけど、一応それなりに寝てたよ」

「どういう意味ですか？」

「まあ、いいだろ。日向さんも練習や文化祭の準備で忙しいのに、送ってもらって悪かったな。もう大丈夫だから」

「私のことはいいんです。遊間くん、ご飯も食べてないでしょう」

「毎日食べてるよ」

「今日の朝と昼は何をどれくらい食べましたか?」

「いいだろ別に、関係ないだろ」

「関係あります！」

どくん、と心臓が跳ねた。声が大きくてびっくりした。

「どうしたんだよ、日向さん」

いつものおどおどした声色じゃない。

「遊間くんが勉強をがんばってることは知ってます。でも倒れるほどするなんておかしいですよ」

「自分の限界が分からなかったんだよ。今回知れたから、次からはこうならないようにするよ。結局時間を無駄にしてるし、効率も悪……」

「そんな話はしてません！」

日向さんがまた声を荒らげた。正座したまま両手をついて、前のめりになる。

「効率の良し悪しじゃありません。大事な人が自分の体を大事にしてくれていないと、周りは心配なんですよ！」

視線は真っ直ぐ俺を見ている。いつもとは違う熱を感じる。日向さんの言葉を借りるなら、視線の温度が違う、というやつだ。

「遊間くんは百合子さんが倒れたとき、心配でしたよね？　百合子さんが大事だから」

「まあ、……そうだ」

「遊間くんは気を失う直前、お母さんのために勉強しないと、と言っていました」

再びどくん、と心臓が跳ねる。咄嗟に母さんの方を見た。何も言わず、こちらを見もせず、コーヒーをすすっている。

「……俺がそう言ったのか？」

あのときのことは、意識が朦朧としていてよく覚えていない。

「はい。でも、百合子さんのために勉強して学力が上がっても、こんなふうに無理をするなら意味ないですよ。百合子さんは毎日心配しないといけないでしょう、また倒れるかもって。遊間くんは百合子さんが入院したときにどう思いましたか？」

その質問の答えは、記憶を探る必要もなく即座に浮かび上がってきた。

――今度は母さんが死んでしまう、絶対に嫌だ、と思った。

親父が死んで、あんなに拳が固くて何度も殺したいと願った人間だって、いつかは死んでしまうのだと分かって。

母さんだって、何の前触れもなくいなくなってしまうかもしれない。それは嫌だ、と。

「もし遊間くんが、これからも周りの気持ちを想像できなくて無理し続ければ、百合子さんはその気持ちを何度も味わうことになります。学力を上げることは、百合子さんにそんな辛い思いをさせてまでする必要があることですか？」

　何を、知ったふうなことを。

　なぜ自分と母親との問題を、何も知らない日向さんに諭されないといけないのだ。家族でもなんでもない、たった一ヶ月足らずダンスを教えただけの関係なのに。

　とは、思わなかった。

「……そうだな。確かに、気づかなかった」

　日向さんの言葉はいつも、俺の心に防御不可能な衝撃を与えてしまう。幾重もの壁をすり抜けて、気がついたら無意識の奥底にある、一番の核心を突いている。

　きっと、彼女が誰よりもまっすぐだからだろう。

　損得勘定や打算のない、純粋で剝き出しの善意を、臆面なく他人に差し出せる人なのだ。こちらが剣と盾を構えて臨戦態勢をとっているのに、日向さんは微笑みながら丸腰で歩いてくるようなもの。身構えているのが馬鹿らしくなる。

「頭では分かっていたけど、実感できてなかった。日向さんの言う通りだ」

　俺は大きく息を吐いた。首や肩の筋肉が緩み、体の力が抜けていく。

　チームメイトとの才能の差に挫(くじ)けてダンスをやめた後、俺の日常には膨大な空白の時間が生まれた。人生の大半を占めていたダンスが突然無くなって、何をすればいいか分からなくなった。それを埋めるために選んだのが勉強だった。

勉強を楽しいと思ったことはない。やりたくてしているわけではない。九葉高校で一番になることを目標にしているが、それはあくまで大学受験のため、そしてその先の就職のため。勉強は目的ではなく手段に過ぎない。

本当の目的は、将来、安定した収入を得て母さんに楽をさせることだ。

幼い頃は共に親父の暴力に耐え、今は女手ひとつで育ててくれている。その感謝を行動で示すため、少しでも早く結果を出すことに固執したのだ。それで不幸にさせたら元も子もないのに。こんなこと、落ち着いて考えればすぐ分かるはずだった。

「今後はもっと周りも見て下さいね」

日向さんはほっとしたように言った。

「……ああ。母さんも、ごめん。もう心配させない。約束する」

俺の言葉を聞いて、母さんはマグカップを置いて立ち上がる。そして日向さんの横に座って、俺のボサボサの頭をわしゃわしゃと撫でた。

「私も気をつけるよー。今のあかりちゃんの言葉、全部私にも刺さっちゃって泣きそうだよー」

きっと母さんが倒れたのも同じような理由だ。目的と手段をはき違え、自分の体を省みない、似た者同士だ。

日向さんは顔を赤くし、ぺこぺこと何度も頭を下げた。

「あ……っ、す、すいません。そんなつもりじゃなくて……」

「ううん、いいの。私とユウちゃんは親子だから、きっとお互い間違うところが一緒なんだよねー。私じゃユウちゃんに何を言っても説得力なかったしー、ありがとう、あかりちゃん。また私たちを叱ってねー」

母さんは右手で俺の頭をさすりながら、左手で日向さんの頭も撫でた。

「そんな、叱るなんて……」

「いや、その通りだ。日向さんの言葉だから納得できたんだと思う。ありがとう」

すると日向さんは前髪をかきあげられながら、顔を真っ赤にしてうつむき、困ったように笑った。

「……はい。わかりました」

「ヒップホップとブレイキンをしてるのー？　すごーい」

「いえ、全然で、最近ウインドミルを何とか一周だけできるようになったばかりで……」

「女の子でそれはすごいよー。まだ一ヶ月半でしょー？　天才じゃーん」

「遊間くんのおかげが大きいので……、あと、神楽坂さんっていう、すごく上手い女の子にも教えてもらえていて……私、恵まれてるんです」

日向さんと母さんが楽しそうに話している。俺は布団で横になり、ハラハラしながら会話を聞いていた。

「理想はLil' homiesのリーダーの子なんです。あ、リーダーっていうのは、私が勝手にそう思っているだけで、実際そうかは分からないんですけど」

「へーえ。あの子ねー。知ってる知ってる」

母さんがニヤニヤしながら俺を見下ろす。俺が正体を隠していることは日向さんの口ぶりから察したようで、一応合わせてくれている。

「あかりちゃんと話すの楽しいなー。ユウちゃんを背負ってきてくれた明夫くんともお話してみたいよー」

「遊間くん、いつも横山くんと一緒にいて、とても仲良しなんですよ」

「そうなんだー。ちゃんとお友達がいて安心したなー。あかりちゃん、これからもユウちゃんと仲良くしてね」

「そんな、私なんかがお友達だなんて……」

「違うの？　ショックー。あ、もしかしてあかりちゃんは友達以上の……」

俺は我慢できず、ついに口を挟んだ。

「おい、もういいだろ」

「照れちゃってー思春期ぃー」

「そういういじり方は教育に悪いぞ」

「そーお？　でもあかりちゃんの顔は真っ赤だよ。これは意識しちゃってるね」

日向さんは顔を両手で覆って俯いた。耳の先まで赤く染まっている。

「百合子さん、困ります……」

「きゃー！　かわいー！」

「浮かれすぎだろ」

「叱った時と今とのギャップ、最高だよー。私があと十歳若かったら襲ってたなー」

「本気で襲うなら年齢だけじゃなくて性別も変えた方がいいんじゃないか？」

「えっ、そもそも襲わないでください……」

「ユウちゃんはやると決めたら徹底的にやるタイプだから気をつけてね」

日向さんが俺を見て、さっと目を逸らした。

「なぜ俺だけが悪い雰囲気になってるんだ……」

「女の子がウチに来るなんて初めてだしー、病院も退屈だったしー、ああ、楽しいなー」

母さんは終始いつも通りのマイペースさで、慣れていない日向さんは幾度となく赤面させられた。お互い意気投合し、連絡先の交換もしていた。

◇

文化祭まであと一週間。校内はすでにお祭りムードだ。俺の教室には和風お化け屋敷の内装ができつつある。

教室の後ろの壁には作りかけの衣装がいくつもかけられていて、休み時間のたびに衣装係がせっせと制作している。

昼休み、俺も衣装制作を手伝っていたのだが、

「いてっ」

縫針を間違えて自分の指に刺してしまい、思わず声を出した。人差し指の先に血の玉が浮かんでいる。

「明夫、絆創膏(ばんそうこう)ない？」

「あいにく持ち合わせてないね」

明夫が指先を覗(のぞ)き込み、眉をひそめて顔を逸らす。血がダメなタイプのようだ。

「衣装に血がつかないようにしないと」

「それ自白してるも同然なんだけど」

そこに明夫も入ってくる。

「悠一郎くん。実はこの前倒れた件を受けて、あだ名が『自習壁殴り失神メガネ』に進化しているよ」

「なるほど。別にいいけど、長すぎて呼びにくいだろ」

「新しい名前の提案があればいつでも受け付けるからね」

「分かった。もっと呼びやすいのを考えとくよ」

俺と明夫の会話に、吉野さんはけらけらと笑った。

「あははっ、遊間くんたち、けっこー面白いね」

俺はどう反応すればいいか分からなくて、ふと教室の外に目を向けた。

日向さんが窓の外を横切るところだった。次の授業が移動教室なようで、教科書を胸に抱えている。ちょうど目が合った。

「………っ」

彼女は俺が明夫や吉野さんと話しているのを見て、何やら口をもにょもにょさせ、足早に通り過ぎて行った。

「変わったね、悠一郎くん。やっぱり男は恋をすると変わるものだね」

明夫がそう言ったので、目の前の二人に視線を戻す。

「え？　遊間くんって好きな子がいるの？」

吉野さんの目の色が変わった。

「いや、いないけど」

「えー何？　どっち？」

「好きな気持ちを隠すのは男の嗜みさ」

「絶対このクラスでしょ。当てるから、当たったらちゃんと正解って言ってよ？」

吉野さんの厳しい追及を何度も否定しながら、俺は慣れない裁縫を続けた。効率が悪くていまいち作業は進まなかったが、それが嫌だとは思わなかった。

六　遊間くんはダンスをしちゃダメです

　生徒会長が校内放送で開会の挨拶をし、ついに文化祭一日目が幕を開けた。

スピーカーからはBGMとして流行りのJ-POPがかなりの音量で流れている。それに負けず劣らずの声量で、模擬店の呼び込みが廊下中に響き渡っていた。アトラクションや喫茶店など、クラスや部活のいろんな催しが行われている。チラシ配りのメイドやクマの着ぐるみなど、多様な服装の生徒たちが、見るからに浮かれた表情で飾りつけされた廊下をひしめき合うように歩いている。

　九葉高校の文化祭は、二日間にわたって開催される。一日目は生徒のみで、二日目が一般開放となる。ダンス部のステージがあるのは二日目だ。十四時からダンス部のショー、続いて有志によるバトル、という流れで行われるらしい。毎年二日目は軽音楽部のライブや演劇部の公演などもあり、多くの観客が体育館に集まるそうだ。

我ら一年B組は和風お化け屋敷を催している。この日のために教室の内装を大きく変え、俺も微力ながらクラスの一員として作業を手伝った。

母さんのために勉強を頑張るという考えは今も変わってないが、何もかもを犠牲にして目標達成を目指すということはやめた。もう心配させないと約束したからだ。

さすがに口には出さないが、クラスの一員として作業をしていると、もっと効率的に役割を振り分けて、一人一人が素早く行動すればいいのにと思うことが多くあった。

でも、そうやって非効率な無駄を楽しむことも彼らにとってはイベントの一部なのだろう。無駄を削ぎ落として大きな結果を出せば、それは記録や肩書きとして残る。だが過程を存分に楽しめば、記録は逃しても楽しかった記憶として残る。

どちらか一方が正しいのではなく、人それぞれ優先度が変わる。このクラスには後者を優先する人が多かった。それだけの話だ。

暗幕によって外からの光が遮断された教室の隅で、一本のろうそくの灯りを頼りに二宮金次郎像として勉強をしながら、そんなことを考えていた。

「……うおっ！」

曲がり角を曲がってきた客が俺を見て声をあげる。照明などの演出のおかげか、薪を背負った制服姿で勉強しているだけなのに、それなりに驚かれる。

役割を全うできて嬉しい反面、残念でもあった。この役に決まったときは文化祭中も勉強ができてラッキーだと思ったが、いざやってみると手元が暗いし、知らない人が近くを通るので集中できない。

なので問題集をひたすら解く勉強の仕方はやめ、イヤホンをつけて英語のリスニングをやることにした。外界の物音を排除し、目をつぶり、英単語を何度も繰り返し呪文のように呟くと、案外集中できた。

二宮金次郎氏が生きた時代にリスニングの科目は無かっただろうが、この際リアリティの問題には目をつぶる。今はひとつひとつの単語の聴き分けが最優先だ。

ふと目を開けると、不気味そうにこちらを見ながら通り過ぎる客の顔が見えた。勉強と幽霊役、どちらも効率良く行えている。

「あ、あの……、遊間くん」

昼休憩の時間、教室の外で日向さんに声をかけられた。

「久しぶりだな」

会話したのは、俺の家で母さんと三人で話して以来だった。日向さんに限って気のせいだとは思うが、なぜか避けられているように感じていた。

「そ、そうですね」

彼女のクラス、一年A組はコスプレ喫茶をしている。そのため、日向さんはチャイナドレスを着ていた。眩しいほどの鮮紅色で光沢のある布地に、黄色の虎柄が入った派手な衣装だ。

裾の左側には深いスリットが入っており、引き締まったふとももが覗き見えて官能的だ。ざっくり開いた背中やノースリーブの二の腕も目を引くし、ぴったり張り付いた生地には体のラインがありありと出ていて、スタイルの良さが強調されている。背筋がぴんと伸びており、このチャイナドレスのモデルとしては完璧と言っていいだろう。

「その……」

日向さんは自分から声をかけてきたにもかかわらず、背後で手を組み、斜め下を見ながらおずおずと体をくねらせている。

「衣装、似合ってるな。かわいいぞ」

以前クラブでもっと褒めろと叱られたので、俺は思ったことを素直に口にした。

すると日向さんは一瞬でドレスの赤色のように顔を朱に染めあげ、両手で覆った。

「え、えー？　嘘……っ、そんなっ……、なん……、えー⁉」

言葉にならない声をあげている。どうやら褒められたのが意外だったらしい。自分で褒めろと言っていたのに。

「そういえば酔っ払っていたときのことは覚えてないんだったか」

俺はそう呟いた後、かわいいという感想は事実なので否定するのもおかしいと結論付け、特に何も言わずに、じたばたと悶える日向さんが落ち着くのを待った。間を置いて、後ろに神楽坂がいることに気付いた。

「……お前、結構言うんだな」

日向さんと同じクラスである神楽坂は、真っ黒なミニスカート丈のワンピースに黒の大きめの三角帽子をかぶっている。竹ぼうきを手に持っているので、魔女のコスプレだ。黒で統一された衣装に、低い位置で結ばれた金髪ツインテールが映えている。神楽坂のきつい目つきが、ファンシーな装いのおかげで可愛らしく緩和されている。まるでお菓子をあげたくなるような愛くるしい見た目だ。

日向さんが綺麗系で、神楽坂はかわいい系。二人ともそれぞれ魅力的だ。

「この見た目なら言われ慣れてるだろ」

「まあ、今日一緒にいる間だけでも何十回も言われてたけどな。写真も撮られたし」

「じゃあ何で日向さんはこんなに照れてるんだ?」

「そりゃお前が……ちっ、何でもねえ。日向、早く言えよ」

神楽坂は途中まで何かを言いかけてはやめ、日向さんの背中を叩いた。

日向さんは正気に戻ったように動きを止め、顔を覆っていた両手の中指と薬指の間からおそるおそる覗き込むように、俺の足元を見つめる。

「ゆ、遊間くん……っ、明日、ついにバトルじゃないですか。その、なので、今から私のダンスを観てほしくて……」

「もちろん当日観るつもりだけど」

「当日は、その、緊張して、失敗しちゃうかもしれないので……」

「そうか、分かった。じゃあ今観るよ」

日向さんはぱっと笑顔になり、「着替えてきますっ」と教室に向かって走って行った。

俺と神楽坂がその場に残った。

「ったく、これくらい一人で言えっての」

神楽坂が壁に寄りかかり、眉間にしわを寄せた。ガムをぷーっと膨らませる。

「ついてきて欲しいって頼まれたのか？」

「お前と話すのが緊張するんだと」

「おかしいな。前は二人で練習したりしてたのに」

「けっ、日向が言ってた通り鈍感なんだな」

「どうもそうらしい。もっと周りを見ろって叱られたし」

「叱った？　そりゃよっぽどのことだったんだろ。あいつ、ああ見えて意外と気が強えからな」

「神楽坂にもそうなのか」

「文化祭は出るなって言ったのにちっとも聞かねえんだ。ったく、何のためにバトルで優勝してやったんだか」

呆れたような口調だが、僅かに口角が上がっている。

「神楽坂がダンスを教えてあげてるらしいな。日向さんが言ってた」

「仕方なくな。まっ、お前が基礎を叩き込んでくれたから楽だったぜ。誰を目標にしてるのかは知らねえが、頭の中にイメージがしっかりあるから成長も早え。何より真面目だ。伸びるに決まってる」

「そりゃ良かった」

「……お前は、バトルに出ねえのか？」

神楽坂が目を細める。

「俺はダンスをやめたんだ。それに一年は踊ってないんだし、いきなりバトルなんて勘弁してくれ」

そう言うと同時に、膨らんだガムがパンと弾けた。

「……そりゃそうか。お前がいたら、少しは楽しくなりそうだと思ったんだけどな」

口元に貼りついたガムを剥がしながら、残念そうに呟く。

「俺のかわりに部長をボコボコにしてくれよ」

「そりゃ日向に頼むのが筋だろ」

そこまで話したところで、日向さんがクラスＴシャツにスウェットパンツとスニーカー姿で戻って来た。

「お待たせしましたっ」

俺たち三人は人気（ひとけ）の無い場所を探した。

校舎最上階の奥、屋上へ続く階段以外に何もない廊下。屋上が封鎖されているため、そこは人通りが一切なく、校門から最も遠いので出店などもない。ちょうど良いスペースだった。

日向さんが校内放送のＪ－ＰＯＰに合わせてリズムを取りながらストレッチをする。

そして大きく深呼吸を数回した後、「行きます！」と言ってその場でジャンプし、トップロックを始めた。スニーカーが床に擦（こす）れてキュッ、キュッ、という音が響く。

トップロックはブレイクダンスの立ち技で、跳ねるような動きで片足を交互に斜め前へ出すステップだ。

日向さんのトップロックは、ポーズのシルエットが様になっているのは当然として、足だけではなくちゃんと体幹がリズムに乗っている。もはや彼女を見て初心者だと笑う者はいないだろう。およそ一ヶ月前、バトルイベントの際のサイファーで観た状態から一段と成長している。

さらに、トップロックの流れのままナチュラルに左足を大きく引いた。これは立ちの状態から、地面（フロア）を使うパワームーブに飛び込むときの初動だ。

そこから右手左手の順で床につき、両腕で自重を支えながら、足を抜く勢いを利用してウインドミルに入った。

「よし！」

神楽坂がガッツポーズする。

日向さんは上手（うま）く足を旋回させ、多くの人がつまずきがちな二回転目へと続くチェアーの抜きも決めると、そのままウインドミルを五回転ほどした。

離れて観ている俺や神楽坂がいる場所まで風が届く。

経験者の目からは回転のスピードがもう少し欲しいところだが、ダンスを始めて二ヶ月で女の子がこれだけ回れたら文句はない。今までの彼女を知る者なら間違いなく盛り上がるだろう。

日向さんは手足を抱えるように体を縮め、背中でくるくると余韻の回転をした後、立ち上がった。

「できましたー！」

そう言って神楽坂の両手を摑（つか）んでぴょんぴょんと飛び跳ねる。よほど嬉しいようだ。

「お、おう。良かったな」

一方、神楽坂は少し恥ずかしそうだ。俺を横目で気にしながら返事した。しかし手を振り払わずに上下に振って付き合ってあげているあたりは律儀だ。日向さんもかなり気を許しているし、だいぶ仲良くなっている。

その光景を眺めながら、もし一ヶ月前のバトルイベント後に俺が教える役を降りなければ、あの日向さんの屈託のない笑顔が自分にだけ向けられていたのだろうか、なんてことを思った。

「すごいな、日向さん」

拍手すると、彼女は神楽坂と手を繋いだまま、満面の笑みで返事した。

「はい！　ありがとうございます。遊間くんと、神楽坂さんのおかげです！」

ウインドミルを教えたのは神楽坂で、俺はあくまで前段階の基礎までだ。そこは神楽坂のおかげ、で良いのに。

「何かアドバイスしてやれよ」

神楽坂が言った。一応いくつか思いついたが、前日に技術的なことをごちゃごちゃと指摘しても悪影響を与えてしまう可能性が高い。なので、心がけだけを伝えることにした。

「じゃあ、ひとつだけ。ウインドミルは大技だから上手く出せれば効果的だが、それを出すことに捉われすぎない方がいい。最悪出せなくてもいいんだ。それよりも日向さんが最初から最後まで楽しんで踊り切ることが大事だ。審査員（ジャッジ）がまともなら、それで充分評価してもらえると思う」

日向さんは両眉（りょうまゆ）を上げ、目を丸くする。

「ウインドミル、しなくてもいいんですか？」

その疑問には神楽坂が答えてくれた。

「するかしないかなら、した方がいい。でも、踊ってる最中に『技を出さなきゃいけねえ』って考えていると、その技へ繋ぐまでの動き一つ一つに気持ちが入らなくなるんだ。もちろん観客にも審査員にも伝わっちまう。大技を習得したばかりの中級者ダンサーが陥りがちなあるあるだな」

「でも、遊間くんは以前、前半をヒップホップで、後半をブレイクダンスで構成するのが最も勝つ確率が高いって……、それって考えながら踊らないといけないんじゃ？」

「あれは日向さんのモチベーションを上げるための方便だ。勝つイメージを持てた方が練習をがんばれると思ったから。訓練すればそういうこともできるようになるが、初バトルで考えることじゃない」

今思えば余計なお世話だった。彼女が求めていたのは勝ち負けじゃなかった。俺は続ける。

「でも、今の日向さんなら、技に頼らなくても自分の魅力を出し切れば充分勝ちまで見込める」

「私の魅力？」

「日向さんは、ダンスを通して伝えたいことがあるだろ」

「伝えたいこと……ですか？」

「前言ってたよな。世界が変わる瞬間を見たいし、みんなに観せたいって。ダンスは表現だから、そういう想い(おも)は絶対に踊りに出る。その過程で、意識せずにウインドミルが出てきたら最高だな」

日向さんは返事せず、黙り込んだ。目が泳いでいる。頭の中でいろいろな情報を整理している。やがて焦点を合わせて、俺を力強く見つめた。

「……遊間くん、私、がんばります……！」

そう意気込んだ直後、真面目な顔のまま突然ぼっと赤面した。

「どうしたんだ？」

「いえ、その……、明日、バトルが終わったら、時間、良いですか？　話したいことがあって……」

「今でもいいけど。あ、そろそろクラスの方に戻らないといけないから手短になら」

「いえ！　バトルの後がいいんです」

「そうか、分かった」

「は、はい……」

日向さんがこくんと頷いた。その様子に神楽坂は苦笑している。


そうして、俺たちは各々クラスに戻ろうとした。

ところが、忌々しい声が校舎側から聞こえて、立ち止まる。

「おい、こんな人気の無いところで何してんだよ？　まさかまた勝手に音出してダンスしてないだろうな」

百八十センチを上回る、いかつい体格の男が気怠そうに近づいて来た。部長だ。後ろにいかにも悪そうな男を二人連れている。

「……っ」

日向さんは怯えたように体を縮め、俺の後ろに隠れた。

「カイト、お前注意しろよ。ダンス部に苦情が来るだろ？」

「……別に、音出してないっすよ。それに、部長たちが持ってるもんの方がバレたらやばいでしょう」

神楽坂が睨みつけるように部長たちの手元を見る。それで俺は、彼らが煙草の箱を持っていることに気付いた。

「ここは俺がいつも使ってる場所なんだよ。つーかカイト、面白い格好してんな。魔女っ子か？　それにその女、この前は寝てたから分からなかったが、よく見ると相当かわいいな。今ならダンス部に入ってもいいぜ」

部長がにやにやと笑う。後ろのヤンキーたちも反応する。

「東島（とうじま）、どっちもめちゃくちゃレベル高いじゃん。一年？」

「今度合コンしてくれよ～」

初めて部長の名前が東島だと知った。一生呼ぶことはないだろうが。

「わ、私、もう入るつもりはありません……！」

日向さんが俺の袖（そで）をぎゅっと握りしめて言った。部長がハハッ、と鼻で笑った。

「そりゃそうか、あー失敗したぜ。でも結局バトルには出るんだろ？」

「で、出ます……！」

「せいぜいがんばってくれ。別に変なことはしないからよ」

馬鹿にするように言って、部長たちは俺たちの横をすり抜け、屋上へ続く階段を上る。

踊り場にある窓を開け、すぐ側（そば）に腰を下ろした。手慣れた動作で煙草をくわえ、火をつける。

「人目につかない良い場所じゃん。バレて退学になる前にこの場所を見つけてればなー」

部長の仲間の一人が言った。部長がそれに同調する。

「そうだろ？　おかげで俺は、お前らと違って一度も見つかってないぜ」

「東島はホント上手くやってるよな、ムカつくぜ。俺も女子高生と一緒に部活してぇー」

「ハハ、おっさんかよ」

煙草を吸いながら会話をしている間も、部長たちは日向さんと神楽坂の全身をジロジロと舐(な)め回すように眺めていた。

煙のほとんどは窓の外に流れていくが、かすかに匂(にお)う。つい顔を歪(ゆが)めてしまう。煙草は苦手だ。

神楽坂は喫煙していることに対して何か言いたそうだ。校則が厳しい九葉高校において、これが見つかったら一発で部活停止、最悪廃部なので当然だろう。どうやら部長の仲間は煙草がバレて退学になったようだし。

結局、神楽坂は口をつぐんで、俺たちに言った。

「……行こうぜ」

俺は頷き、三人に背を向けた。初心者として馬鹿にした日向さんに叩きのめされるまでの間、せいぜい偉そうにしていればいい。実力的にはまだ部長が上だろうが、日向さんの本領を発揮できれば大番狂わせ(ジャイアントキリング)もあり得る。

心の中で毒づいて、さっさと立ち去ろうと思った。

しかし、部長たちの会話に気になる単語があったので、足を止めた。

「外で煙草吸える場所、もっと欲しいよな」

「駅裏のエリザベッタを出禁になったのが痛いぜ。いいとこ見つけたと思ったのによ」

「東島のせいだろ。店員に根性焼きとかやり過ぎだ」

「わざとやるわけねーだろ？　あの口うるせえババアの手がたまたま当たったんだよ。それにお前らのせいでもあるだろうが。バイトがたくさん辞めたのも、出禁の理由なんだからよ」

――は？

「……遊間くん、どうしたんですか？」

前を歩く日向さんが、立ち止まっている俺を振り向いた。返事する余裕はなかった。脳内で、いろんな状況がこの三人の会話と直感的に繋がったからだ。

駅裏のエリザベッタは、人手不足を理由として母さんがよくヘルプに入っていた店舗だ。

そのせいで母さんは過労で倒れるに至った。

あの日、母さんは右手を火傷(やけど)していた。

俺は振り向いて、部長たちを見た。煙草をくわえながら、へらへら笑っている。

――途端に、幼い頃(ころ)の記憶がフラッシュバックする。

引っ越す前に住んでいた東京のマンションの一室。黄ばんだ壁、散らかった部屋。

体育座りをしている十歳にもならない俺を、母さんが覆い被(かぶ)さるように抱いている。

母さんの白い腕にはいくつも青痣(あおあざ)がある。

そこへ、親父(おやじ)が煙草を押し付ける。

じゅう、と生々しい音を立てて、一筋の煙が上がった。

焦げ臭い。肉が焼ける匂い。

母さんの一瞬の震えが、腕から俺の肌に伝わる。

それでも母さんは声を出さない。

煙草を押し付けられた場所は赤黒く腫(は)れている。

そして徐々に膨らみ、白濁色へと変わっていく。

親父は表情を変えずに、部屋を出て行った。

俺は声も出さずにじっとしていた。声を出すと親父が反応して、被害が増えるから。

視界がゆらゆらと揺れている中で、母さんは変わらず微笑(ほほえ)んでいたのが分かった。

火傷の跡はひとつだけじゃない。今でも母さんの腕にたくさん残っている。

一生消えることはない。

体からも、心からも。

「……あ？　何だよメガネ」

部長が俺の視線に気付き、半笑いで問いかけた。でも俺が何も言わないので、眉をひそめる。

何も言えないのは当然だ。

今すぐ飛びかかってしまいそうな体を、必死で抑えているのだから。

「お前……、確か遊間とかいったよな」

部長が怪訝そうに呟くと、仲間の一人が思い出したように言った。

「東島、確かあのババアも遊間だぜ。首に下げてた名札に書いてあった気がする」

「ってことは、もしかしてこいつの母親か？」

部長はおいおいおい、と苦笑しながら立ち上がった。俺の目の前まで歩み寄り、肩に手を置く。

「そんなに睨むなって。ま、そのおかげで俺らも出禁になって煙草吸う場所がなくなったんだから、いいだろ？　それにあのババアも悪いんだぜ。他の大学生はちょっと脅したら黙って辞めてったのに、あいつだけはしつこく注意してきたからよ。煙草は体に悪いとか、くだらねーこと言ってよ」

視界にちかちかと光が舞っている。口の中がざらざらしていて、まるで砂を噛んでいるようだ。頭の血管が弾けるような音も聞こえた。

――こいつ、殺してやろうか。

部長は俺より十センチ以上背が高い。喧嘩したら負ける。ましてや仲間があと二人いる。

だが、たとえ両手両足が砕けても、この男の息の根を止めてやる。退学になろうが、警察沙汰になろうが関係ない。

俺が拳を握りしめ、右腕に力を入れた瞬間。

パンッ、と乾いた音が響いた。

「……いってーな。何だよ、お前？」

部長の首が横を向く。一歩下がって、俺の隣を見下ろした。

日向さんが、赤くはれた右手を、左手で握りしめていた。部長の頬を叩いたのだと理解できた。

「謝ってください」

「あ？」

「遊間くんに、ちゃんと謝ってください‼」

腹の底から出ている彼女の声はスピーカーから流れているＢＧＭより遥かに大きく、人気のない廊下に反響した。

「遊間くんに謝って、そのあと百合子さんにも謝ってください！　お店の従業員全員と、辞めてしまったバイトの方たちにもです！」

「はは、バカ言うなよ。どんだけ手間かかるんだよ。出禁で充分だっつうの。それに悪いとは思ってるんだぜ？　俺は顔に出ないタイプなんだ」

「……っ！」

「っていうか、何でお前に叩かれないといけないんだよ？」

部長が日向さんの胸ぐらへ左腕を伸ばす。

それを阻止するように、俺が横から部長の手首を摑んだ。

「何だよメガネ。言っとくが男には容赦しねえぜ。ましてやテメーみてえな陰キャ」

部長は、右手に持った煙草を俺の顔に近付けた。

匂いが迫ってくる。オレンジ色の熱源がチカチカと燃えている。

でも、俺は微動だにしなかった。

火傷なんて今さら怖くない。母さんの痛みに比べれば。

煙の向こう側で、部長が怪訝な顔をする。俺の額に煙草が触れる直前で舌打ちし、手を止めた。

俺は吐き捨てるように言った。

「二度とダンスできなくしてやるよ」

「……ぷっ。俺らに勝つつもりかよ。女二人と見るからに非力そうなお前で。ま、数で言えば三対三か」

嘲（あざけ）るように笑っている。

「試してみるか？」

俺は手首の骨を砕くつもりで思いっきり握りしめた。部長の顔が歪む。

「……放せよ！」

部長が叫んで腕を振り払い、後退(あとじさ)りした。それを見て、仲間の二人が立ち上がる。

「遊間も日向も落ち着けよ！　部長も、ここで騒ぎを起こしたら煙草がバレますよ！」

今まさに殴り合いが始まろうという雰囲気の中、神楽坂が俺と日向さんの腕を摑んで制止した。

「そいつの言う通りだぜ、東島」

神楽坂の指摘に、仲間の一人が同調する。

「……ちっ、今回は勘弁してやるよ」

そう言って部長たちが立ち去ろうとしたが、俺は「待てよ」と呼び止めた。部長はうんざりした顔で振り向いた。

「何だよメガネ、助かったんだからよかっただろ？　女に代わりに怒ってもらって、カイトに場を収めてもらって。お前は何もできねー中途半端なヘタレだろうが。お前みたいな奴(やっ)が一番だせえ。黙って縮こまってろよ」

そのくだらない煽(あお)りに、俺が口を開くよりも早く日向さんが反論した。

「違います！　遊間くんは百合子さんをもう心配させないって約束したから……！」

それを聞いて、真っ白だった頭の奥底から、その約束が浮かび上がってくる。

確かに俺は母さんにもう二度と心配させないと約束した。俺が喧嘩なんかして大怪我をしたら、母さんとの約束を破ることになる。

——でも、だからって。許せというのか。見逃せというのか。親父みたいに母さんを傷付けた、こんなクズを。

「遊間くんと百合子さんが、一体どんな気持ちで……っ」

「お前さっきからうっせーんだよ！」

勢い余って近付いてきた日向さんを、部長が強く突き飛ばした。

「うっ！」

その衝撃で日向さんは尻もちをつく。低い声で唸る。

「日向さん！」

「日向！」

俺と神楽坂が、日向さんの横にしゃがみ込んだ。

部長は俺たち三人を見下ろしている。もうにやけ顔を作る余裕すらなく、心からうっとうしそうにしている。

「これ以上の文句はバトルで勝ってから言えよ。その女かメガネが俺に勝ったら、いくらでも謝ってやるよ」

「そんな、都合の良い……」

神楽坂の言葉を、部長が遮る。

「うるせーな。いいかメガネ、お前も出ろよ。ま、そんな度胸があればだけどな。見るからにど素人の陰キャだしな。ハハッ」

「この……っ」

去っていく三人を、日向さんが果敢に追おうとする。それを、今度は俺が止めた。

「もういい」

「だって……っ」

「もういいよ。日向さんが傷つきそうになって冷静になった」

本当は今すぐにでも頭をかち割ってやりたい。

しかし制御できないほどの激情からは冷めている。自分一人の体だったらどうなってもいいが、母さんとの約束を思い出し、さらに日向さんが怪我をする可能性が頭をよぎった。

「もういいって顔じゃねえぞ」

神楽坂が眉をひそめる。俺は歯を噛み締めすぎて奥歯がキシキシと痛んでいることに気付いて、意識的に息を吐いた。

「遊間、バトルに出るのか？」

「俺は……」

「遊間くんが出る必要はありません」

意外にも、否定したのは俺ではなく日向さんだった。

「……どういう意味だ？」

「そのままです。遊間くんは出たくないでしょう？　なら、出る必要はありません」

「この前は俺にも出てほしいって言ってなかったか？」

「言いました。でも大丈夫です。私が、絶対にあの人を倒しますから」

「でも日向、あのクズもああ見えてバトル経験は豊富だ。正直、お前じゃよほど上手くいかない限り勝てるとは……」

「いいえ。遊間くんはダンスをしちゃダメです。だって、遊間くんはお母さんのためにダンスをやめたんですから」

――母さんのために？

違う。勉強をし始めたのは母さんのためだ。

でも、その前に俺がダンスをやめた理由は、チームメイトとの才能の差に嫌気がさして、ダンスを嫌いになったからだ。詳しいことは知らないはずなのに、なぜこうも確信したような言い方なんだ。

「日向さん、それは違う。母さんは関係なくて、俺はただ単純にダンスが嫌いになって……」

「遊間くんの亡くなったお父さんは、お酒を飲むと暴力を振るう人だったんですよね」

思わず口をつぐむ。なぜそれを知っているんだ。そう言おうとしたのに、言葉が出なかった。日向さんは申し訳なさそうに頭を下げる。

「ごめんなさい。百合子さんから聞きました。これは私の予想ですが、遊間くんは、きっとまだダンスが好きなんです。でも将来、百合子さんに代わってお金を稼いで楽をさせるために、ダンスが嫌いだって思い込んでるんです。ダンスは楽しくないって、自分にも周りにも嘘をついて」

「嘘じゃない……、俺はダンスをしても楽しくないんだ。俺には才能がないから、嫉妬して、他人と比べて、そういうのが嫌になったんだ」

「才能はありますよ。天才の条件は夢中で楽しめることですよね。自分で気づいてないかもしれませんが、遊間くん、ダンスのことを考えてるとき、すっごく楽しそうですよ」

「違う、違うんだ。俺は心から楽しそうに踊る本物の天才たちをたくさん見てきた。そいつらと俺は全然違う。日向さんだって練習が楽しいだろ？　俺は楽しくないんだ。いつも踊りながらネガティブなことばかり考えてる。俺はダンスが楽しくなんかない」

「楽しそうなんて、他人からの感想でしょう。私だってまだ二ヶ月だけですけど、やめたいと思ったことは何度かありましたよ。外で練習に熱中して補導されそうになったこともあるし、授業中に居眠りして職員室に呼び出されました。腰から落ちてできた青痣はずっと消えません。遊間くんが見てきた天才だと思ってる他のダンサーさんたちも、楽しいだけじゃなかったんじゃないですか？　辛いことも含めて、ダンスを楽しんでたんじゃないですか？」

「それは……」

咄嗟に反論できなかった。

恭介も日向さんも、俺が天才だと認めた二人は、どちらも基礎が辛かったと言っていた。俺が勝手に楽しんでいると思い込んでいただけだ。

「遊間くんは、本当はダンスしたくてしょうがないはずです。でも、もし一度でも踊ってしまったらもう戻れないと思ってるんでしょう。それほど、遊間くんは必死に見えます」

日向さんははっきりとした口調で、困惑する俺に言い聞かせるように続ける。

「けれど同時に、百合子さんのためなら限界を超えて倒れるまで勉強してしまう、それも遊間くんです。遊間くんにとってダンスは二番目なんです。何を犠牲にしてでも、大好きなダンスが嫌いだって嘘をついてでも一番守りたいのは、百合子さんなんです。百合子さんのためにダンスをやめて勉強するのが遊間くんの中での最適解である以上、遊間くんはダンスをするべきじゃありません」

「違う、俺は」

「きっと、どんなに技術や実績があっても、ダンスで生活するのは困難です。夢を見て、努力して、挫折して。それに費やした時間が全部無駄だったと後で泣くくらいなら、その時間を大切な人を幸せにするために使いたい……私はそれが悪いことだとは思いません」

どれだけ反論するための言葉を思い浮かべても、日向さんの声はそれらをすり抜けて俺の心まで染み入ってくる。

「遊間くんの人生の責任は、遊間くんにしか取れないんですから」

ダンスが好きだと、胸を張って言うことはできない。天才たちに嫉妬して辛かったのは事実。

一方で、俺はこの一年間どれだけダンスを遠ざけても、興味がない振りをしても、ずっと忘れられなかった。

バトルの夢を見るし、フロアの確認をする。ダンサーを見ると実力を測って比べてしまう。その習性が染み付いている。

だって仕方ないじゃないか。

アクロバットを百回連続で失敗して地面に体をぶつけても、たった一度成功すれば全てが帳消しになるくらい嬉しい。

何度バトルで負けて否定されたって、たった一人でも自分のダンスに手をあげてくれる人がいたときの快感は忘れられない。

本当は自覚していた。俺はダンスを再開したいと思っている。

勝負の世界で、惨めに負け続けて嫉妬に身を焦がそうとも、才能がないと自覚していても、やめられない。

――でも、それ以上に。

母さんに、幸せになってほしいと願っている。

そのために今、俺がすることはダンスではないのだ。

「遊間……、お前はそれでいいのか？」

神楽坂が問いかける。

俺はそれでいいと思っているのか？

分からない。

母さんへの想いを優先し、自分の本心を否定して、日向さんを一人で戦わせることが正しいなんて、思えるはずがない。

もちろんブランクのある俺が出たところで勝てる保証はない。とはいえ、勝ち負け以前の問題だ。部長が言っていた「お前みたいな中途半端な奴が一番ダサい」というのは、まさにその通りだ。

「いいんです、遊間くん。私に任せてください。私が勝てば全部上手くいくんです。だから今夜だけ、また私に教えてくれませんか？　さっきだって、もっとアドバイスしようとしたのに我慢してくれたんですよね？」

「ああ、まあ……」

「あと一日ですけど、厳しくしてくれて構いません。私、絶対に勝ちたいんです！」

「教えることは構わないが……」

「ありがとうございます！　じゃあまた連絡しますね」

そう言って日向さんは駆け出していった。

俺は内心ぐちゃぐちゃな気持ちのまま、その背中を目で追った。

間をおいて、神楽坂も立ち上がる。困惑したようでいて、どこか諦めた表情をしている。

「神楽坂、俺は……」

「私はお前のことを何も知らねえ。口を出す権利はねえ」

縋るような俺に、彼女は冷たい声でそう言って、目も合わせずに去っていった。

俺はしばらくその場を動けなかった。校内スピーカーから流れる音楽がやけに大きく聴こえる。煙草の匂いはいつまでも鼻に残っていた。


その日の夜、俺と日向さんは市役所に来ていた。十人ほどのダンサーが練習していて、俺たちはその端っこを陣取った。

「神楽坂は来ないのか？」

「一応誘ったんですけど、来られないそうです」

「そうか」

神楽坂の表情を思い出す。彼女は俺を踊らせたがっていたが、もう誘われることはないだろう。

「遊間くんっ。さあ、何をしますか？」

「ああ、そうだな……とりあえず準備運動はしっかりしておこう。怪我でもしたら元も子もないからな」

とにかく今の俺の役目は、少しでも日向さんを成長させることだ。

不幸中の幸いで、彼女のモチベーションはかなり高まっている。ダンスは精神面が大きく作用するので、これが良い方向に噛み合えば本当に部長に勝てる可能性がある。

その分、教える内容も慎重に考えなければ。いつもより入念にストレッチしている日向さんを見ながら、俺は腕を組んで、これからのメニューを脳内で組み立てる。

そのとき、ポケットの中でスマホが振動した。着信だ。まさかの恭介だった。

「日向さん、そのままストレッチしていてくれ」

「はいっ」

俺は少し離れたところで通話をタップした。

「もしもし」

『ユウ！　今何してる⁉』

いつも通りの元気な声だ。正直、今このタイミングではあまり話したくない相手だった。

自分では漠然としか気付いていなかった心の内を、日向さんに言い当てられた。俺はダンスを嫌いになったわけではなく、母さんのためにダンスを捨てたのだ。仲間を裏切ったも同然だ。

恭介やLil' homiesのチームメイトに何度も「ユウがダンスを嫌いになったなんて信じられない」と言われた。今思えば、自分より彼らの方が俺のことを知っていた。

『ユウ？　聞こえてる？　おーい』

「……ああ、悪い。ぼーっとしてた」

『大丈夫ー？　で、今何してるの？』

「市役所でダンスを」

『お！　市役所でダンスしてるの⁉』

「いや、教えてるんだ」

『あーこの前の女の子だ？』

「そうだ。ていうか何の用だよ」

『「あははっ。直接説明するよ』」

スマホから聞こえる恭介の声が、なぜか同時に背後からも聞こえてきた。

振り向くと、スマホを耳に当てた恭介が立っていた。

「久しぶり！」

「恭介？　何で福岡に」

「仕事！　だからちょっと踊っとこうと思ってさ。……っぷは！　メガネださっ！　髪も伸びすぎ！」

俺の姿を見て腹を抱えて笑う。失礼な奴だ。

「仕事って何だよ」

「はは、ダンスやめたユウには関係ないよ」

恭介は涙目になるほど笑ったようで、指で目をこすりながら言った。そして、十数メートル先で立ったまま前屈をしている日向さんを見つける。

「あ、もしかしてあの子が例の女の子？　ユウとダンスを繋げてくれた」

「そうだ」

「へえー。バトル前日の夜まで練習してるなんて偉いじゃん」

「ちょっと色々あってな。あっ、恭介！」

恭介は日向さんに向かって駆け出し、当然のように声をかけた。

「めちゃくちゃ体やわらかいね！」

こいつは考えるより先に体が動くタイプだ。もし恭介だったら、昼間の部長との一件も、その場で殴り合いに発展していただろう。

「……えっ、あ、ありがとうございます。あの、どなたでしょうか……？」

日向さんは体を起こし、おそるおそる尋ねた。

「恭介、変なこと言うなよ」

「あー、はいはい。分かってるって」

俺がLil' homiesだったことを隠している、という事情は以前の電話で伝えてある。とはいえ恭介なら、何も考えずにポロっと言ってしまいそうだ。

「初めまして。ユウのダンス仲間の恭介です！」

「はあ。私は日向あかりと申します……。遊間くんに、ダンスを教えてもらっています」

日向さんはちらちらと俺を見つつ、ぺこりと頭を下げた。恭介はうんうん、なるほどなるほどと何度も頷いている。

「かわいいじゃん。初々しさが良いね。女慣れしてないユウが好きそうだ」

「え、かわ、好……え？」

「おい何言ってんだ」

「ふーん、じゃあ日向ちゃんと連絡先の交換とかしちゃってもいい感じ？」

「別に。勝手にしろよ」

そう吐き捨てるように言うと、にやにやしながらポケットからスマホを取り出した。

「やめとくよ、ユウは嘘つきだからね。とりあえずサイファーしようか！」

「えっ」

「は？」

恭介はさも当たり前という態度で、スマホを操作して音楽を流し始めた。

曲は『What Would You Do? (feat.Amp Fiddler & Andrés) - Dames Brown』だ。音量を最大にしているせいで、ところどころ音割れしている。

「サイファーだよサイファー。知ってる？　交互に踊り合うんだ。ダンサーの自己紹介と言えばこれでしょ」

「あ、はい……知ってます」

日向さんが顔を強張らせて頷く。

「恭介、言っとくけど俺は踊らないからな」

「あーはいはい」

俺が下がった位置で見守る中、市役所の駐車場の隅で、恭介と日向さんの二人によるサイファーが始まった。

まずは恭介からだ。

新幹線か飛行機かは知らないが、おそらくついさっき福岡に着いたのだろう。移動で鈍った体にファンクのリズムを染み込ませるため、技名も無いようなステップを左右に小さく刻む。徐々に動きの振れ幅を大きくしていき、地面に手をついてフットワークに入った。

恭介のダンスを観るのは一年ぶりだ。

最後に観た中学三年の夏頃に比べて体が出来てきたのもあり、一つ一つの動きにパワーがある。それでいて軽さも失われていない。

「す、すごい」

日向さんが圧倒されたように呟いた。市役所で練習していた他のダンサーたちも、いつのまにか練習をやめて恭介の動きに注目している。中には仲間同士で耳打ちし合っている者もいる。Lil' homies の恭介だと気付いたのだろう。

恭介は、フットワークからウインドミルに入った。

当たり前だが、日向さんとは比べものにならないスピードとキレだ。

三周ほどし、そのまま腕を使わずに体を跳ねさせてウインドミルをする「ノーハンドウインドミル」という技に移行する。

さらにその流れのまま体を持ち上げ、肘から先だけで地面を踏み切って空中で転回する、難易度Sランクのパワームーブ「エルボーエアートラックス」に繋げた。

数回した後、最後は肘倒立の状態できっちりフリーズを決めると、市役所にいる全員がうおおお！　と歓声をあげた。

「あはっ、ずっと練習中だったエルボーエアー、初めて成功したよ」

立ち上がった恭介が、めくれ上がったTシャツの裾を直しながら笑った。

その発言にまた周りがどよめく。初成功の技を含めたムーブを、きっちりフリーズでまとめるなんて普通はあり得ない。

「さあ、日向ちゃんの番だよ！」

恭介が催促する。その場にいた十人ほどのダンサーたちは、もはや盗み見るという体裁すらとらず、堂々と二人を取り囲んでいる。あの恭介と一対一でサイファーするこの女ダンサーは一体何者なのだ、と品定めするような視線だ。これは初心者にはきつい。ハードルが上がっている。

日向さんは右手首を左手で揉みながら、硬い表情で目を泳がせている。しかしやがて覚悟を決めたようで、その場でアップダウンをしてリズムを取り始めた。

日向さんはヒップホップから入った。

大きく体を使い、ランニングマンをする。二ヶ月前、素人だったときに部長の前でやって見せたステップだ。

あのときに比べたら断然成長している。全身を使えているし、首だけ独立させて細かい音を取るなど、玄人にも通じるような遊びを入れている。もちろん恭介の直後なので沸かないが、始めて二ヶ月とは誰も思ってないだろう。

「へえ、いいじゃん」

恭介は興味深げに頷いた。その声は日向さんにも聞こえたようで、恭介に褒められてさらに感情が乗る。ダンスの質が上がっていく。

ヒップホップからシームレスにブレイキンへと繋げ、アップロックからフロアに入る。簡単な足技をいくつか入れたあと、再び立ち上がって、左足を大きく引いた。昼間に見せた、ウインドミルに入る動きだ。

しかしそこまではスムーズだったものの、右手を地面についた瞬間、ぐっと顔がひきつった。結果的にタイミングを外し、ウインドミルを失敗してしまう。

日向さんはコンクリートの床に倒れ込みながら、悔しそうな表情を浮かべた。そこでダンスを止めてしまった。

取り囲んでいる全員のため息が聞こえるようだった。

ところが、それを見た恭介だけは笑顔で拍手した。

「惜しい惜しい！　ウインドまではめちゃくちゃ良かったのに、右手のつき方を失敗したね！　パワームーブは度胸だよ！　躊躇せずに思い切りいこ！　でもまずは挑戦したことがいいね！」

「は、はい。ありがとうございます」

それに釣られて周りのダンサーも拍手する。あの恭介が言うならそうだ、という感じで。

日向さんが立ち上がる。おそるおそる尋ねた。

「あの、恭介さんってもしかして、Lil' homies の……？」

「そうだよ！　日向ちゃんとは同い年だから、タメ口でいいよー！」

「いやいや、とんでもないです！　なぜこんなところに」

「まーどうでもいいじゃん！　サイファーを続けよ。みんなも入ってきていいから！」

恭介は昔と変わらない、人懐っこい笑みを浮かべ、周囲のダンサーたちに手招きした。

すると彼らは我先にとサークルに加わり、代わる代わる踊り始めた。サイファーの規模が大きくなるとスマホの音量では物足りなくなり、初対面のダンサーのスピーカーを借りて音楽を流した。

恭介は自分が世界レベルのダンサーであるにもかかわらず、一人一人のダンスにしっかりリアクションし、積極的にサイファーを盛り上げた。

恭介が踊る番になると、全員が食い入るようにじっと観察する。そして技が決まると、忖度(そんたく)ではない心からの歓声をあげる。

もちろん日向さんも、ちゃんと輪に溶け込めている。恭介の純粋さや裏表のなさがサイファーの空気感に表れていて、伸び伸びと踊れる雰囲気になっている。日向さんをどう指導すればいいか決めあぐねていたが、このサイファーは良い経験になるだろう。

そう思いながらも俺は、恭介がサイファーを盛り上げて、そこで日向さんが楽しそうに踊るたびに、少しだけもやもやした。

もちろん、その感情の正体は自覚している。嫉妬だ。

日向さん一人を戦わせようとしているくせに、恭介と楽しそうに踊っているのは見たくないと思っている。理性と感情が別々すぎてどうにかなりそうだ。

やがて、恭介が輪の中から外れて俺の横にやって来た。主役が抜けてもサイファーの熱は冷めない。

「はー楽しー！　初めて来たけど福岡もいいね。東京は流行がはっきりしてるからみんなスタイルが似がちだけど、こっちは個性的なダンサーが多い気がする」

脱力するように、どっと腰を下ろす。ダンサーたちを眺めながら袖で汗を拭う。俺はため息混じりに言った。

「お前っていつも楽しそうだよな」

「楽しいよ！　特に今日はユウが見てくれてるしね」

恭介はそう返事した後、下から見上げて無邪気に笑った。

「俺だけじゃないよ。みんな、ユウとダンスするのが最高に楽しいんだ」

「……何で」

俺は唾を飲み込んで、言い直す。

「何でだよ。俺は楽しくなかったよ」

「だからやめたんだろ？　聞き飽きたよ」

そうだ。何度も説明した。その度に、こいつらは信じなかった。ユウがダンスを嫌いになるわけがない、と。

気がついたら、口が勝手に動いていた。

「恭介、覚えてるか？　俺、初めてお前とバトルしたとき、死ぬほどボコボコにされただろ？　あれで俺にはダンスに乗せる感情がないって気付いたんだ。お前らにはもう追いつけないって悟った」

何でこんなことを言っているんだろう。

恥ずかしくてみっともないのに、止められなかった。

「ブレイキンだけじゃ勝てないから、他のジャンルもやったんだ。でも全然楽しくなかった。惨めで辛いだけだった。世界大会のときも、俺のせいでお前らが負けたらどうしようってことばかり考えて、緊張と重圧で全然楽しくなかった。負けたら俺のせい、勝ったらお前らのおかげ。俺はただのマイナス要素でしかなくて、なのにリーダーとか言われて、めちゃくちゃ嫌だったんだ」

恭介はびっくりしたように固まっている。急に愚痴を語り始めたダサい奴だと思われているだろう。

それでも吐き出さずにはいられなかった。今の俺は過去最高にカッコ悪い。一個も良いところがない。だからこそ、言える。

「お前らみたいな天才と一緒にいなければこんなに苦しまなかったのにって何度も思った。

世界一になんかならなくてもよかった。俺みたいな凡人は結果にこだわらず過程を楽しむダンスをするべきだった。だから引っ越しが決まってほっとしたんだ。これでダンスをやめられるって思った」

恭介はいつのまにか驚いた顔から真顔に戻っていて、サイファーの方へ視線を移していた。そこでは日向さんが踊る番だった。彼女はまたウインドミルを失敗したが、全然へこたれていない。

「……ユウは、本当に自分が凡人だって思ってる？」

恭介は俺を見ずに尋ねた。

「そりゃそうだろ。俺は後から始めたお前にバトルで負けたんだ。そもそもダンスをしていて楽しいと思える瞬間がほとんど無かった。天才ってのは、前向きで、どんな時でも夢中になって楽しめる奴のことを言うんだよ」

それを聞いた恭介は、ははっと笑いながら下を向く。

そして、まるで当たり前のことのように言い放った。

「俺らは全員、ユウこそが天才だと思ってるよ」

――は？　バカな。安直な慰めだ。

個人での結果も出せていないし、楽しむこともできず、最終的にやめてしまったような俺が？

「俺さ、ブレイクダンスが好きなんだ。その気持ちは誰にも負けない自信がある。だから練習は本当に楽しい。気がついたら朝なんて普通だし。でも楽しいことを楽しくできるなんて当たり前じゃない？　俺らでよく話すんだ。ユウって、何で練習してるときはあんなに不機嫌そうなんだろうって」

「そりゃ……、楽しくないからだよ」

「そう。楽しくないはずなのに、楽しんでやってる俺らよりも練習してるんだ。誰よりも苦しみながら、考えながら、何時間でもしてる。そんなユウを見てるとやばいって焦るんだよね。俺らはもっとしなくていいのか、楽しんでるだけでいいのかって。で、結局やり過ぎちゃうんだよなー」

恭介は、汗で額に張り付いた前髪をかきあげた。

「ユウとバトルすると、めちゃくちゃやる気が出るんだ。誰よりも努力してるユウに認めてもらいたいって思ったら、いつも以上の力が出る。今日だってずっとできなかったエルボーエアーが、ユウの前だと簡単に成功できたしね」

そう言って、少しだけ声のトーンを落とし、寂しげに笑った。

「……それに俺ら、ユウが抜けて四人になってからまだ一回も優勝してないんだ。おかしいと思わない？　世界一にまでなったのに、国内の小さいバトルですら勝ち切れない。あとひとつ何かが足りないんだ。きっと俺らに無くて、ユウだけが持ってる何かが」

すぐ横の道路を行き交う車のヘッドライトが、恭介の顔を照らしては流れていく。

——意外だった。

そんなこと、今まで一度も言わなかったじゃないか。あの恭介が、弱音を吐くなんて。

いや、そもそも俺が聞こうとしなかったのだ。理解できないチームメイトたちに、とりあえず「天才」のラベルを貼り付けて棚に上げた。

それ以降は本人たちを見ずに、自分の中で作り上げた天才像だけを見ていたのだ。

「ユウのダンス、好きだよ。乗せる感情が無いって言ってたけど、ちゃんと乗ってるよ。センスですぐできちゃう俺らと違って、ユウは同じことを何度も繰り返しできるまで、できた後でも練習するじゃん。ダンスの背景に練習量が見えてぞっとするんだよね。バトルのときも、勘の鋭いダンサーはちゃんとユウを警戒してたよ。よーく見たら気付くからね。こいつはやばい奴だって」

恭介は「うーん、いろいろ言ってよくわかんなくなったけど」と髪をくしゃくしゃと掻き乱した。

「とにかく、俺らはユウのことを天才だと思ってるんだ」

俺は気が付くと、制服のシャツの胸あたりを握りしめていた。なぜか息苦しかった。浅い呼吸のまま、声を搾（しぼ）り出す。

「いや……違う！　俺は違う！　天才の条件は、どれだけ好きで夢中になって楽しめるか、だ。お前らの方が楽しんでたんだ。だから俺には才能が無いんだ！」

「そんなの、ユウが勝手に決めただけだろ？　才能の基準なんて人それぞれだろうし。俺にとっての天才の条件は……、そうだな」

恭介が立ち上がる。俺に体を向ける。視線の高さが揃った。

「俺にとっての天才は、どんなに苦しくても、絶対にそれを嫌いになれないほど好きで、楽しいこともつまらないことも同じくらい努力できる人間。そんな感じかな」

恭介がにっと笑った。いつもの楽しそうな笑顔で。

その顔が俺にはできなくて、嫉妬していた。

「もう一度聞くよ。これ以降は二度と聞かない。ユウは本当に、もうダンスをしないの？」

この一年間、何度もされてうんざりしている質問。

答えは決まって「しない」だった。

俺は口を開けて、閉じた。

ふと、サイファーの輪から歓声と拍手が聞こえた。

秋の夜風が冷たい。動いてもいないのに、手のひらがじっとり汗ばんでいる。

恭介の瞳はまるで縋るように、そして祈るように揺れている。

俺は再び口を開いた。

「……分からない」

そう答えると、恭介は二回、三回とまばたきをして「そっか」と呟いた。

そうして、サイファーに戻って行った。半ば奪うように自分のターンをもぎ取り、疲れなんて知らないみたいに誰よりも元気よく飛び跳ねている。

俺は、ずっと背負っていた重たい荷物をやっと下ろせたような気分だった。

正直、まだ完全に納得できているとは言えない。自分が天才だなんて思わない。きっと一生思えない。

でも。

ダンスをしていたときは永遠に追いつけないと思っていた恭介の背中が、なぜかダンスをやめた今、初めてまともに見えた気がした。

その後もサイファーは盛り上がり続けた。

「Lil' homies の恭介が福岡にいる」という情報が回ったようで、延々と人が増えた。

サイファーは続いていたが、俺と日向さんと恭介は補導される時間ギリギリで解散した。


やがて、夜が明ける。

文化祭二日目。ついにダンスバトル当日を迎えた。

七　負けるのは大っ嫌いなんだ

「痛っ……」

朝、目が覚めた私が最初に感じたのは、右手首の激痛だった。痛くて、かぶっている毛布すら持ち上げられない。原因は分かっている。昨日の昼、部長さんに突き飛ばされて、庇(かば)うように右手を床についた。そのときに捻(ひね)ってしまったんだ。

その場では部長さんに腹が立っていたので痛みを感じる余裕が無かったけれど、昨夜のサイファーでウインドミルを失敗したときは明らかに異常で、意識が飛ぶかと思うほどだった。結局ウインドミルは一度も成功しなかった。

それでも、弱音を吐いていられない。

一晩経(た)った今でも、部長さんへの怒りは収まらない。あの顔を思い出すだけで胃の底がむかむかしてくる。こんな感情は人生で初めてかもしれない。

遊間くんが百合子さんを想う気持ちは本物だ。あまりに献身的すぎて心配になるけれど、それも含めて遊間くんなのだから、私は彼の気持ちを尊重したい。

普段めったに感情を出さない遊間くんが、部長さんへの怒りをあらわにしたあの瞬間、どういう気持ちだったのかを想像すると胸が張り裂けそうになる。彼が手を出さずに耐えたのは本当に立派だと思う。

それなのに関係ない私が部長さんを叩いてしまった。だから突き飛ばされたのも、手首を捻ったのも、全て私が悪い。それは自覚している。本番は、もし骨が粉々になって、二度とダンスが出来なくなっても構わない。絶対に部長さんを倒して、謝罪させる。

ふと、遊間くんが出てくれたらと思う。

なぜなら彼は、私が憧れる Lil' homies のリーダーだから。私なんかより、よっぽど勝つ確率が高い。

ダンスバトルに出ることになってから、動画サイトでアメリカ代表戦の動画を何度も観た。そこからリンクを辿って、大きな会場で行われたバトルから地方のお祭りのようなイベントまで、Lil' homies の様々な映像を視聴した。

そのコメント欄でリーダーの名前が「ユウ」であることを知った。けれど、メガネと髪、あと東京のチームなので福岡の高校に通うはずがないという先入観から、ユウさんと遊間くんを結びつけることができなかった。

もしかして同一人物じゃないかと思い始めたのは、百合子さんとメッセージでやりとりをして、遊間家が昨年の夏まで東京に住んでいたと知ってから。疑惑を抱いた途端、遊間くんの顔がまともに見られなくなり、つい避けてしまった。

確信に至ったのは昨日だ。

Lil' homiesの恭介さんと親しくしていて、ユウと呼ばれていたから。あれで気付かなかったらさすがにどうかしている。もちろん踊ってくれさえすれば、すぐに気付けたけれど。

遊間くんはなぜか、動画の自分に対して凡人だ、地味だと言っていた。でもそれが私には理解できない。

むしろ私はあの中の誰よりも、真っ先に画面の中の彼に目を惹かれてしまう。

確かに、他の四人はとても楽しそうに踊っていて、純粋に上手くて個性的で、格好良い。

一方で、遊間くんは彼らと比べて極端に出番が少ないし、基礎に忠実で淡々と踊っているという印象だった。

でも、ときおり鋭い眼光で敵を睨んでいて、僅かな隙でも逃さず喰らいつく、そんな殺気を放っている。敵はみな、遊間くんを警戒しているように見えた。

特に、五人の連携から遊間くんが空に向かって撃ち出される、重力から解き放たれたような伸身宙返りは忘れられない。何度観ても鳥肌が立つ。

私は、遊間くんと出会えて変われたと思う。

努力を認めてくれて、「いつか心から夢中になれるものが見つかるといいな」と言ってもらえたこと、一生忘れない。おかげで見つけることができた。

今は、何の目的もなくただ勉強をしていた二ヶ月前の私では考えられないほど、毎日がきらきらと輝いている。聴こえる音も、日常の動作も、他人との関わり合い方も、ダンスをするだけでこんなにも変わってしまう。

だから文化祭のバトルが終わったら伝えたい。

遊間くんに、自分の気持ちを。

理想は言葉ではなくダンスで伝わることだけど、私の技術じゃ、まだこの強い気持ちを踊りに昇華できない。

「チャイナドレス似合ってるねー！　ＩＤ教えてよ！」

「申し訳ありません……、そういうのは禁止されてるんです」

文化祭二日目は、九葉高校の生徒だけじゃなく一般のお客さんも訪れる。他校の生徒から本日何度目かの質問をされて、私はその全てに同じ返答をしていた。

私たち一年A組はコスプレ喫茶を催している。当初の予定では、私は裏方をするはずだったのに、一ヶ月ほど前から給仕チームに回された。

チャイナドレスは露出が多くて恥ずかしいけれど、衣装チームの女の子が一生懸命作ってくれたので、着ないわけにはいかない。モデルが私なんかで申し訳ない。せめて少しでもドレスの評価が上がるように、背筋をぴんと伸ばして、良い姿勢を保つよう努力している。そうしたらよく褒めてもらえるので、まるで私が褒められているような気がして嬉しくなる。

ダンスバトルに出ることになって、クラスメイトたちと話す機会が増えた。今までは連絡事項を一方的に伝えるのみだったのに。

こんなに楽しい学校行事は初めて。これも、遊間くんのおかげだ。

いよいよ、体育館でダンス部の演目が始まる時間になった。

最後に遊間くんに会いたかったけれど、彼もクラスの出し物が忙しいみたいで、なかなか休憩のタイミングが合わなかった。

B組の和風お化け屋敷はなかなか好評だ。隣のクラスなので、噂をするお客さんたちの会話がよく聞こえてくる。中でも「リスニング問題を間違えて大学受験に失敗した地縛霊」の評価が高い。誰が演じているのかは分からないけれど、鬼気迫るほどの役への没頭の仕方だという。

神楽坂さんともバトル前にいろいろお話ししたかったのに、彼女はほとんどクラスに顔を出さなかった。きっとダンス部の方が忙しいのだ。

代わりに、他のクラスメイトたちからはたくさん応援の言葉をかけてもらった。どれだけ勉強をしても、誰からも応援なんてされなかったのに。

みんなに助けてもらっている。期待されている。だから、手首が痛いなんて言ってられない。

私は体育館に移動し、遊間くんに選んでもらったアディダスのブルゾンとスキニージーンズに着替えて、ステージ横の階段下に待機していた。頻繁に右手首を揉む。朝起きたときと変わらず、痛みがある。でもきっと大丈夫。大丈夫なはず。そんな根拠のない気休めを自分に言い聞かせた。

体育館の舞台は板張りの土台で拡張されていて、横幅と奥行きが十メートルほどの正方形のステージになっている。

演劇部の出し物が終わったばかりで、観客は立ち見も含めて千人近くはいそうだ。がやがやと騒がしくて、みんなが次の出し物を楽しみにしている。

突然、ガタン！ と音がして照明が落ちた。

窓は全て暗幕で締め切られているので、体育館内は真っ暗になる。数秒して、客席のざわつきが止まった。

スポットライトがステージ中央に射(さ)すと、そこには派手でカラフルな衣装のピエロが立っていた。白塗りの顔の中央に真っ赤な付け鼻があり、頬(ほお)にはハートとクローバーのマークがペイントされている。

『レディースアンドジェントルメン！　九葉高校文化祭を楽しめてるかい？　ここは県内有数の進学校だが、決して真面目(まじめ)な良い子ちゃんばかりじゃないんだぜ！　中にはとーってもワルイ奴(やつ)らもいるんだ。それが今から登場する、ストリートダンス部だ！』

ピエロの司会が抑揚をつけた声で叫ぶと、わっと歓声が沸いた。客席からダンス部員の名前を呼ぶ声が聞こえる。

『大きな音におじいちゃんおばあちゃんはびっくりするかもな！　でも最後まで観たらその分若返るぜ！　ディスコブーム世代は一緒に踊ってくれたって構わない！　若い子はSNSに上げてくれ！　でも炎上させないでくれよ⁉　熱くなるのは会場だけで充分だ！』

いつのまにかステージのすぐ下、観客席の最前列には髪を染めた不良風な若い男性たちが中心に陣取っている。おそらく部長さんの仲間だ。

『準備はいいか？　ストリートダンス部！　ミュージック、スタート‼』

ピエロがそう言って舞台袖(そで)に引っ込むと同時に、ステージ上は赤、青、黄の照明がつき、大音量のヒップホップミュージックが流れ出した。

それに合わせ、三十人ほどのダンス部員が舞台上に飛び出す。

彼らは衣装を黒のスウェット上下で合わせており、大迫力の振り付けを披露した。初めて間近で大人数によるダンスを観たけれど、動画とは全然違う。体の動きだけじゃなく、表情、息遣い、衣装の揺れ、靴底が擦(こす)れる音など、リアルな情報が伝わってくる。

観客席に向かって右寄りに、神楽坂さんを見つけた。

まだダンス歴二ヶ月の私に詳しいことは分からないけれど、ダンス部の中でも彼女のダンスにだけ、まるでうねりのような何かを感じる。他の部員たちのように精一杯動いているという感じではないのに、誰よりも動きが大きく見える。

神楽坂さんは言葉遣いこそキツイものの、本当は優しい人だとすぐに分かった。刺々(とげとげ)しささえ少し横にずらせば、心の内全てが態度に出ている、とても素直な女の子だ。

遊間くんとの師弟関係を解消した私は、真っ先に神楽坂さんに「ダンスを教えて下さい」とお願いした。ダンススクールのレッスンに通うとか、レクチャー動画を観ながら独学でがんばるというのも考えたけれど、私は神楽坂さんに教えてもらうのが一番良いと思った。毎日同じ場所で練習したので仲間意識が芽生えていたし、きっと神楽坂さんもそう思っているはず、という都合の良い思い込みがあった。

神楽坂さんは眉間(みけん)にシワを寄せて「はあ⁉」と叫んだけれど、どこか嬉しそうに見えた。口元が綻(ほころ)んでいた。

もし私が男性だったら、間違いなく神楽坂さんを好きになっていると思う。あんなにかわいらしくて真っ直ぐな人、他にいない。

だから遊間くんと神楽坂さんが会話しているのを見ると胸が痛む。どちらも恩人で、ダンスが上手くてお似合いだと思うけれど、こればかりは制御できない。いつのまにか我慢が苦手な人間になってしまった。

ステージ上で、部長さんが踊りながら観客席に向かって中指を立てた。すると最前列の不良風な方々が喜び、その盛り上がっている雰囲気が伝播して会場全体が沸いていく。

部長さんは観客を煽るのが上手い。動画の中のダンサーたちに比べたらそこまで技術が高いとは思わないのに。おそらくこういったところは経験だ。ダンスだけではなく、日常でのキャラクターも影響しているのかもしれない。

それに部長さんだけじゃない。神楽坂さんはもちろん、ダンス部員はみな、これだけの観客を前にしても全く怯んでいない。堂々としている。

私はどうだろう。この後のバトルで、まともに踊れるのかな。

始めてまだ二ヶ月で、しかも右手の感覚もない、この私なんかが――。

冷たい汗が一筋、背筋を伝った。

五分間のショーが終わり、いよいよバトルだ。再びピエロが裏から登場する。

『さあ、ここからはバトルの時間だ！　まずはバトルを裁いてくれるスペシャル審査員を紹介するぜ！』

最前列の生徒たちから歓声が上がる。何人かはスマートフォンを構えて撮影をし始めた。

『ダンス部部長、東島の人脈により、はるばる東京から来てくれたスーパーゲスト！　いかみんな？　こいつを生で観られるなんて相当やばいぜ！　前年度、中学生ながら世界一に輝いた伝説のチーム、Lil' homiesより！　恭ぉーー、介ぇーーーー！！！』

「ええええ⁉」

私は思わず大きな声を出してしまった。その声をかき消すように、音楽が流れ始める。おそらく今から始まるのは「ジャッジムーブ」というものだ。バトルの前に審査員が自己紹介を兼ねて踊ることがあるらしい。

恭介さんは昨夜と変わらない無邪気な笑顔で、舞台袖から駆け足で出てきた。観客席に向かって両手を振る。彼は顔立ちが中性的で整っている。手足が長くてスタイルも良いので、ダンスを詳しく知らないであろう女性客も甲高い声で沸いている。

昨夜、遊間くんが恭介さんに何をしに福岡に来たのかと何度も尋ねていた。ずっと「ユウには関係ないよ」の一点張りだった。今日の審査員をするためだったんだ。恭介さんは私と同い年なのに二、三年生の年上の方たちの審査もするなんて、申し訳ない気持ちにならないのかな。いや、世界一からしたらそんなこと関係ないか。こういうとき、改めてダンスというものがボーダーレスなのだということを感じる。

恭介さんは先程のダンス部のショーの振り付けの一部を真似して、ヒップホップから入った。本職はブレイクダンスのはずなのに、彼はヒップホップも神楽坂さん並みに上手い。それでいて「黒さ」が売りだったダンス部とは違い、とにかく元気いっぱいという感じで、観ている方も早く踊りたくなってくる。

「恭介さーん！」「かわいいー！」「ブレイキンしてー！」

客席から笑い声を含めた様々な声が飛び交う。恭介さんはそれを聞いて、楽しそうにあははと笑った。

直後、顔つきがすっと変わる。

トップロックから足技、ウインドミル、さらに腕を使わないノーハンドウインドミル、エルボーエアートラックス、そしてフリーズと、昨夜市役所で見せたコンビネーションを難なく決めた。

あまりに簡単そうにアクロバットをしたので、観客は困惑し、盛り上がるまで間が空いたほどだ。

私は観るのは二度目だけれど、明るいところで改めて観ると違う発見がある。

特にノーハンドウインドミルに関しては体の使い方が勉強になった。私のウインドミルの動力は主に立ち状態から始動するときの勢いと腕の力だけだ。それに対して恭介さんは回転の途中に背中で地面を押している。自分の体の全てを理解して自在に操っているという感じだ。

それに気付くと、急に練習したくなってくる。色々試したい。もっと早くダンスを始めていれば良かった。

恭介さんは最後にステージ最前列で右手を上げ、手首をくるくると回しながら紳士的なお辞儀をした。すると体育館全体が揺れるような歓声があがった。黄色い声が多めだ。

『以上、レペゼン Lil' homies、恭介でしたー！　サンキュー！　やっぱヤベーな、誰か後で動画送ってくれー。ジャッジは恭介、ダンス部ＯＢ一名、校長先生の計三名だ！』

ピエロが指を差すと、ステージ奥に椅子が用意された。三人がそこに腰掛け、ダンス部員から赤と青の旗を渡された。

『さあさあさあ！　いよいよ始めるぜい！　バトル出場者はステージに上がって来てくれい！』

私は事前に聞かされていた予定通り、舞台横の階段からステージに登った。

心臓はバクバクを通り越して、ドンドンと大太鼓のような重低音を発している。足が震えて、地面から浮いているかのよう。これがいわゆる「地に足が着いていない」という感覚か、と思い知った。

もしかしたら遊間くんも上がってきてくれるかもと思ったけれど、彼の姿はない。

そもそも私が出る必要はないと言ったのだから、期待するのは都合が良すぎる。予定通り私が勝てば良いんだ。

そう思い直したところで、異変に気付いた。

遊間くんどころか、私以外誰一人として上がってこない。ステージ上には私と司会のピエロ、そして審査員の方々だけだ。

「え……っ？」

体育館にいる全員の視線が私一人に集まる。キョロキョロと辺りを見渡した。すると反対側の舞台袖から、神楽坂さんと部長さんが出てきた。

ピエロが一緒に出てきたダンス部員の一人に耳打ちされたあと、「は？　事前の打ち合わせと違うじゃねーか」とマイクを通さずに言った。おそらくステージにいる者にしか聞こえていないだろう。

「悪いな、あとで放送部に差し入れ持ってくからよ」

部長さんがピエロに手を合わせる。

「チッ、東島は恭介くんを引っ張ってきた功績があるからな。ちゃんと盛り上げろよ」

彼は咳払い(せきばら)いし、マイクを口に近付けた。

『オーケーオーケー！　どうやらバトルの前に企画があるそうだ。つい先程、最高にクールなショーを観せてくれたストリートダンス部に挑戦者がいるらしい！　何と一年生の男女二人！　エキシビションマッチとして、挑戦者二名VSダンス部部長の東島、そして一年生エース神楽坂による、2on2フリースタイルバトルが行われるぜ！』

何を言っているのか理解できなくて、頭が真っ白になった。

戸惑う私を見て、部長さんが薄ら笑いを浮かべている。ピエロが渡された紙を読み上げた。

『挑戦者の一年生コンビは！　一年A組日向あかり！　一年B組遊間悠一郎の二人だ！日向あかりはその子だな。さあ遊間悠一郎もステージに上がってきてくれい！』

会場はざわつくばかりで、ステージに近づく者すらいない。遊間くんはきっと体育館のどこかにはいるんだろうけど、出場はしない。準備すらしてないはず。

こんなふうに突然呼ばれて出られるわけがない。

『んー、どうした、遊間悠一郎！　トイレ中か？　女の子を待たせるんじゃないぜ！　さっさと男らしく出てきな！』

ピエロが焦れたように言う。最前列にいる不良風な団体から野次が飛んだ。

「遊間ー！　逃げるなー！」

「ババアの仇を取れー！」

「しらけるぞ！　早く始めろー！」

そこでやっと、私は部長さんの思惑に気付いた。

こうしてみんなの前で名前を呼ばれて、それでも出てこなかったら？

進行を妨げたせいで野次られて、遊間くんは悪者になってしまう。

私は神楽坂さんに駆け寄って、彼女が着ているスウェットの袖を乱暴に掴んだ。

「神楽坂さん！　何でこんなことするんですか⁉　遊間くんには、踊れない理由が……」

彼女は無表情のまま、私の耳元で答えた。

「私はどうしようもねえダンスバカなんだ。こんなくだらねえ企みに乗って、僅かな可能性に賭けてでも、あいつのダンスが観てえんだ。私は文化祭が終わったらダンス部を辞めるし、もうこいつらには何の期待もしてねえ。これが最後だ。でも日向には悪いと思ってるから、後で気が済むまで私を殴ってくれ」

「そんな……っ」

目の前が真っ暗になって、膝から崩れ落ちそうだった。

神楽坂さんは遊間くんが来るかもしれないと思っているんだ。

そんなはずないのに。彼にはダンスより大事なものがあるんだから。

いつまで経っても始まらないので、恭介さんのジャッジムーブで盛り上がっていた会場はすっかり冷めている。

何で始まらないの？

誰が悪いの？

遊間悠一郎って奴が出てこないせい？

そんな声が聞こえてきた。遊間くんが悪者であるという認識が徐々に出来上がっていく。

『うーん、遊間は出てこないか……とんだチキン野郎だ。こりゃあ後で体育館裏に呼び出してお仕置きだな！　おっとみんな、先生には内緒だぜ！　だって仕方ないよな？　裏切られて、一人だけステージに上げられたあかりちゃんの泣きそうな顔を見ろよ！　女を泣かせる男は最低だぜ！』

「最低だー！」

「ボコボコにしろー！」

最前列の集団が楽しそうに煽る。私のせいで、遊間くんが余計に悪者になっていく。

泣くつもりなんてないのに、そう考えると胸が痛くなってきて、視界が滲(にじ)む。ごしごしと目を拭(ぬぐ)った。すぐにまた涙が溢(あふ)れてきた。

止まれ、止まれ。そう強く願っても、涙はとめどなく溢れてくる。

「遊間が出てこないなら仕方ねえ！　もうバトルを始めていいぜ！」

部長さんが叫んだ。すかさず神楽坂さんが反対する。

「部長、まだ待ちましょう！」

しかし部長さんは額に手を当て、言った。

「カイトぉ、あんな腰抜け一人のせいで大事な文化祭のステージを潰(つぶ)させるわけにはいかねえだろ？　俺は部長として、ダンス部のことを誰よりも考えてるんだぜ」

最前列の集団は腹を抱えて笑っている。部長さんも耐えきれず口元が緩んでいる。

『うーん、まあ、予定も詰まってるしな！　じゃあ、東島&神楽坂VS日向あかりの変則2on1バトルだ！　バトル、スタート‼』

音楽が始まった。遊間くんは最後まで出てこなかったものとしてバトルを進行させるらしい。司会としてこれ以上観客が冷めないように、速やかに終わらせることにしたようだ。

二対一のバトルなんて聞いたことがない。もうバトルとして成り立っていない。

しかも相手は部長さんだけじゃなくて神楽坂さんもいる。絶対に勝てないことは明らかだ。

頭が状況について行けていない中、最初に出てきたのは部長さんだった。

大きな体をめいっぱい使って、力強くヒップホップを踊る。ニュージャック寄りのミドルヒップホップ。

彼はそのまま私に触れるか触れないかのぎりぎりまで近づいて、殴るようなフリをして寸止めした。

「きゃっ」

私は勢いに驚いて、顔の前で両腕を交差しながら、その場で尻もちをついてしまう。

部長さんはそんな私を見下ろしながら、呆れたような顔で舌を出し、人差し指を自分のこめかみに当てた。

動画で観たことがある。こういう暴力的な挑発をするダンスバトルもあった。不良たちは手を叩いて大喜びだ。

『さあさあさあ！　やられっぱなしじゃいられないぜ！　日向あかり！　遊間の分もかましてやれーい！』

ピエロの声を聞いて、自分の番なのだと気付いた。部長さんが踊っている間、ずっと放心して座っていたらしい。

もう何も考えられない。こんな状態で踊って上手くいくわけがない。

でも、それでも。

私は自分の意志でここに来た。

遊間くんにも神楽坂さんにも止められたのに、自分で出ると決めたんだ。

立ち上がって、落ち着いて首でリズムを取る。

緊張で首周辺の筋肉が固い。左側の観客席は怖くて見られない。

ステージの両サイドにあるスピーカーからは大音量の音楽が流れている。流れているはずなのに、ほとんど聴こえない。

私はその場でランニングマンをし始めた。

手足が重くて、全然曲に合っていない。右手と左手、どちらが動いているのか認識できない。

困って、思わず観客を見てしまった。

みんなの冷め切った表情が視界に飛び込んでくる。

あれだけ待たせて、これ？

音にも合ってないし、こんなレベルでダンス部に挑んだの？

そんな声が聞こえてくるようだった。

視線の温度が低い。新入生代表の挨拶（あいさつ）のときと同じ、興味のないものを見る目。ただ時が過ぎるのを待っているときの、私を見ているようで全く見ていない視線。

たくさん練習したのに。本当はもっと踊れるのに。

私はそれを証明したくて、その場で大きく左足を引いた。

唯一の大技、ウインドミルに賭ける。上手くいけば、今より少しは盛り上がってくれるはず。

しかし右手を床についた瞬間、激痛が走る。忘れていた。右手首を痛めていたんだった。

「痛……っ」

タイミングもめちゃくちゃで、そのままごろんと倒れこんでしまった。

ヒップホップも、ブレイクダンスも。

リズムトレーニングも、アイソレーションも、ウインドミルも。

遊間くんと神楽坂さんに教えてもらったことが何一つできない。

『日向さんは、ダンスを通して伝えたいことがあるだろ』

昨日、遊間くんはそう言ってくれた。

伝えたいことってなんだったっけ？

今考えられるのは、早くここから立ち去りたいということだけ。

私は肘をついたうつ伏せの体勢のまま動けなかった。ぽたぽたと涙がこぼれ、木製の床に染みていく。

部長さんは楽しげに笑っている。全て彼の狙い通りなんだ。悔しい。

神楽坂さんの顔は怖くて見られない。もしかしたら、私が彼女に恨むような視線を向けてしまうかもしれないから。そんなの絶対に嫌だ。

涙が止まらない。

もう、このままステージを降りよう。何もかもどうでもいい。

そう思ったときだった。

「日向さん、一人でよく頑張ったな」

私は、すぐ横に膝をついてしゃがみ込んでいる、その声の主を見上げた。

「ただ、もう少し音を聴いた方が良い。本当はもっと踊れるんだからもったいないぞ」

その人の顔は、ステージの天井に設置されているいくつものスポットライトによって逆光で見えない。

けれど、声とボサボサ頭のシルエットで、すぐに誰か分かった。

「遅れて悪かった。俺が出るからには、このバトルは絶対に勝つ。負けるのは大っ嫌いなんだ」

こわばっていた体からは力が抜けて、右手に感覚が戻ってくる。今までほとんど聴こえていなかった音楽がやっと耳に届き、視界が晴れていく。

——ああ、良かった。もう大丈夫。遊間くんが来てくれたから。

声にならない呟き(つぶや)がこぼれて、涙が止まった。

文化祭二日目、バトル当日の朝。

俺は母さんが寝ているうちにあらかたの準備を済ませ、クローゼットの奥から服を取り出した。黒地に赤色の三本線が入ったジャージパンツ。黒の肘サポーター。そして世界大会で着たチームTシャツ。

日向さんには出る必要はないと言われたが、俺は今日のバトルに出るつもりだ。二度と袖を通すことはないと思っていた服を見ながら呟く。

「……やっぱり俺は、ダンスが……」

「ユウちゃん、おはよー」

背後から母さんの声が聞こえて、振り向きざまに服を背後に隠した。

「あ、ああ、おはよう」

「今日、文化祭行くからねー」

「うっ……、そうなのか」

思わず声が引きつる。

「えー嫌そーう。いいもーん。あかりちゃんと遊ぶもーん」

母さんは口を尖らせながら、コーヒーを淹れるため電気ケトルのスイッチを入れた。

「ダンスバトル、応援しないといけないしねー」

「だ、誰を？」

「誰をって、あかりちゃんが出るでしょー？　初めてのバトルって緊張するしー、たくさん応援してあげなきゃー。ユウちゃんも応援するでしょー？」

「あ、ああ……、当たり前だろ」

ほっと胸を撫で下ろし、母さんに見つからないように服を鞄に詰めた。

昨日、日向さんや恭介と話して気付いてしまった。自分がどうしようもないくらいダンスが好きだということに。どれだけ遠ざけようと、永遠にダンスを忘れることはできない。

——ダンスがしたい。

しかし、母さんにそのたった一言を伝えられずにいた。反対はされないだろう。母さんは俺が自分のしたいようにすることを望んでいる。特に、ダンスをして欲しがっていることは充分伝わっている。

だからこれは意地の問題だ。絶対に親父のようになりたくない。もしダンスを選べば、どんなに他人に否定されても、俺の中には母さんを捨ててダンスを取ったという意識が残る。その想いが口を閉ざしてしまう。

いつも通り、朝食を取って制服に着替えた。

結局言えないまま、靴を履こうとしたときだった。

いつもの通学用のスニーカーの隣に、本来なら靴箱の奥にしまってあるはずのシューズがあった。ダンスするときに履いていた靴だった。ボロボロで、靴底が削れたアディダスの白のスーパースター。靴自体は履き古されて黒ずんでいるのに、靴紐だけはやけに真っ白で新しい。

「母さん、これ……」

「靴紐切れそうだったから替えといたよー。だって、踊ってるときに切れたら最悪でしょー？」

「いや、俺は踊るなんて……」

まるで、さも当然と言わんばかりの口調だった。

母さんがマグカップを置いて立ち上がった。ふふふー、と楽しそうに微笑(ほほえ)みながら歩み寄り、俺の肩に手を置く。

「私はねー、ユウちゃんのLil' homiesのバトルが好きなの。ソロよりも、どっちかって言うとクルーバトルの方が好き。なんでか分かるー？」

「いや……、分からない」

「ユウちゃんは、自分のために戦うよりも、他人のために戦う方がイキイキしてるからだよー。チームのみんなを勝たせたいって思ってるときのユウちゃんは楽しそうで、勝っても負けても最高なの。そんな子だから、ユウちゃんがダンスを再開できるとしたら、きっと自分のためじゃなくて、誰かのためしかないんだろーなーって思ってた」

「お、俺は、ダンスを始めるなんて……」

「でもね、ユウちゃん。他人のためにがんばるのって素敵だけど、無責任だよ。人のためって、たとえ失敗しても自分が傷つかないじゃない？　自分のためにがんばって、もしそのせいで他人を傷つけることになったら、ちゃんと心からごめんなさいって謝れる。そんな強い人になってほしいなー」

そう言って、母さんは俺の肩から手を離す。

「ねえ、ユウちゃん。ユウちゃんが自分のためにしたいことはなーに？」

母さんは俺より十センチほど背が低い。とうの昔に追い越している。

それなのに、まるで見上げているような感覚だった。

小学五年生のときに戻ったみたいだ。初めてLil' homiesで出場したバトルの日。俺がウインドミルを失敗して負け、泣きわめいたあの日に。

「俺は……」

「うん、聞かせて」

母さんがやさしく微笑み、頷く。

「母さん、俺、昔、初めてチームでバトルに出たとき、勝ちたかったんだ。あの日負けて心の底から悔しかった」

「うん」

恥ずかしくて、母さんの顔から目を逸らした。

「勝って、母さんに笑ってほしかった。親父からいつも守ってくれていた母さんに、俺はちゃんと育ってるから安心しろよって言いたかった。でも負けてそれができなくなったから泣いたんだ。単純だけど、ただ良い結果を出せば母さんが笑ってくれると思ったんだ」

「ふふ、そんなこと考えてたの？」

「なのに、いつのまにか母さんのためにじゃなくて、自分のために勝ちたいと思うようになってた。たぶん、根が負けず嫌いだったんだと思う。勝利は笑ってもらうための手段だったのに、目的に変わってたんだ」

「勝つためにいっぱい練習したもんね。自分のために勝ちたい、それが悪いとは思わないよ」

「もちろん勝てたらそれだけで嬉しいんだ。ダンスやってて良かったって思える。でも、負けたら自分の全部を否定されたみたいで苦しくなる」

母さんがうん、うんと何度も相槌を打つ。部屋に朝日が射し込んでいる。しかし俺が眉をひそめるのは、眩しいからだけじゃなかった。

「辛くてキツくて、いつも誰かに嫉妬してばかりで。バトルで負けたら対戦相手をぶん殴ってやりたいほど憎んで、俺を負けにした審査員の神経を疑って、でも結局そんな自分を責めて。どんどん自分が嫌いになっていくんだ」

「うん、苦しかったね」

「ダンスをしていて楽しいことより苦しいことの方が何倍も多いんだ。絶対ダンスをしない方が楽なんだ。続けていたらまともでいられるか分からない。理性で考えたら、やめた方がいいって分かってるのに」

　俺は大きく息を吸う。

　吐くと同時に、全身の力が抜けていった。

「俺は……、それでも俺は、ダンスがしたいんだ」

　その瞬間、視界がふっと揺れた。滲んでいる。涙だ。

　恭介に本音を話したときでも泣かなかったのに。

「そっかー。よしよし」

　母さんは否定も肯定もせず、俺の髪をくしゃくしゃと掻いた。

　きっと母さんが「ダンスをして欲しい」と言ってくれたら、俺はすぐに再開しただろう。

　でもそれじゃ意味がなかった。自分自身で決めないといけないことだから、母さんは「やりたいことをして欲しい」としか言わなかったのだ。

　バカみたいだ。高校生にもなって、自分のことを自分で決めて、親の前で泣くなんて。

「ユウちゃん」

　俺は洟をすすりながら返事する。

「なんだよ」

　そうして母さんの顔を見た。

　表情は笑っているのに、俺につられて泣いている。

その顔を見て、唐突に全部を理解した。なぜ俺はこんなにも負けず嫌いなのかを。

——初バトルで負けたあの日、俺は人目もはばからずに泣いた。そんな俺を見て、母さんも泣いていた。

その姿を見て、無意識に「俺が負けたら母さんが泣くから、勝たないといけない」と思ったんだ。

でも、あのときの母さんは今と同じ顔をしていた。

幼いときは分からなかったけど、今なら分かる。

母さんが泣いていたのは、悲しいからじゃなかったんだ。

「ははっ」

俺も泣きながら笑った。どこまでも、俺たちは似たもの親子だ。

呪(のろ)いが解けたかのような、晴れやかな気分だった。

「ふふ、今日はがんばってねー。自分のために、ね」

「……ああ、分かった」

「お母さんの胸で泣いていいのよー？」

母さんが両手を広げて小首を傾ける。

「バカ言うなよ。男子高校生だぞ」

「あかりちゃんに自慢しよー。ユウちゃんに泣きつかれたってー」

「絶対言うなよ。嘘（うそ）だし。そもそも自慢にならないし」
「自慢だよー。みんなユウちゃんが大好きなんだから」
「何だよそれ」
俺は一年振りにスーパースターを履いて、家を出た。
強い風が吹いている。通学路にある木々は冬に向けて多くの葉を散らしていた。枝だけになった木を見て、落ち葉を踏みながら歩くと、どこかすっきりした気持ちになった。

文化祭二日目は、思ったより一般客が多く来場していたのと、クラスメイトたちが他を観て回りたいとのことで人手が足りず、俺はお化け役として出ずっぱりだった。準備期間中、散々優遇してもらった俺に、断る権利はなかった。

昨日に引き続き、主にリスニングに取り組んでいたが、どうしてもこれからのバトルのことを考えてしまう。負けず嫌いになった原因が分かったとはいえ、負けたくないことには変わりない。

一年振りのバトルで、その間練習すらしていない。

人前でまともに踊れるのか？　今でもあの技ができるのか？　この一年間、どんな曲が流行（はや）った？

かつて出たどのバトルとも違う緊張感だった。

少しでも感覚を取り戻すための練習をしてからの方が良いのではないか。日向さんやダンス部に出ると伝えていない今なら、まだ引き返せる——。

そんな邪念を振り払うようにリスニングに打ち込んだ。

ダンス部のステージの時間が近付き、何とかクラスを抜けて、着替えを手に体育館に向かった。

体育館からはダンスミュージックが音漏れしている。歓声もちょくちょく聞こえてくる。なかなかの盛り上がりだ。

出場者の集合場所も分からないまま、ひとまず着替えようとしたが、体育館のトイレは全て使用中で並び列も出来ていた。仕方なく、人気(ひとけ)が無さそうな体育館裏に回った。

しかし角を曲がると、そこには昨日部長と一緒にいた不良の二人がいた。地べたに座って煙草(たばこ)を吸っている。

「ん、このメガネは」

「やっと来たのかよ。もう来ないと思って見張りをやめてたぜ」

二人がにやにやしながら俺を見上げたので、内心舌打ちした。

こいつらの前で裸になんてなりたくないから、もう制服で出るしかないな。万全を期したかったが仕方ない。幸い、ダンス用の靴は履いている。

俺が無言で立ち去ろうと後ろを向いた瞬間、羽交い締めにされた。

「な、何だよ⁉」

「東島にお前を見つけたら捕まえとけって言われてるんだよ」

「はあ？　それじゃバトルに出れないだろうが！　あいつが出ろって言ったんだろ⁉」

「東島にとってはお前が来ない方が良いらしいぜ。それにお前なんかが行っても何も変わらないだろ？」

「どういう意味……」

「つーかメガネ、敬語で話せよっ！」

「ぐは……っ」

一人に羽交い締めにされたまま、もう一人にガラ空きの腹を殴られた。

胃が潰れそうな痛みが走る。喉元まで苦い液体が逆流してきて、口の中がざらざらする。

いつのまにか体育館から漏れていた音楽が止まっていて、ＭＣの声が途切れ途切れに聞こえてきた。

『うーん、遊間は出てこないか……こりゃあ後で体育館裏に呼び出してお仕置きだな！』

「ぷぷっ、もうやってるっつうの」

俺を殴った男が煙草を咥(くわ)えながら笑った。

「はあ、はあ……何か今、俺の名前が呼ばれてなかったか？」

わざわざ名前を読み上げて、不戦敗にでもしたのか？

あの陰湿な部長がしそうなことだ。俺のダンスの実力なんて知らないはずなのに、わざわざ待ち伏せして捕まえて、そこまでして負けたくないのかよ。

「お前と日向って女の二人をチームとして、二対二をやることになってるんだよ。今頃ステージで一人寂しく待ってるだろうぜ。遊間くんが来ない～ってな」

「は⁉」

『バトル、スタート‼』

その声とともに、曲が流れ始めた。

ソロバトル形式じゃなく、2on2？

つまり今、日向さん一人で二人と戦っているのか？

「裏切られたと思ってるだろうぜ、可哀想に。あの気が強そうな女がステージで泣いてる姿を想像すると興奮するぜ」

腹が立つ。

どこまでも腐った奴らだ。早く日向さんのところに行かなければ。

でもどうやってこの状況を突破すればいいのだろうか。不良二人を相手にして切り抜けるなんて……。

そのとき、少し離れた場所からうわずった叫び声が聞こえた。

「先生ぇー！　ここでーす！　喧嘩でーす、未成年が煙草を吸ってまぁーす！」

俺からは見えないが、幸運なことに通りかかった男子生徒が助けを呼んでくれたようだ。

「ちっ、めんどくせえ！」

俺は乱暴に振り解かれ、その場で四つん這いになった。

「何だよあのカッパ、誰か分かったら殺すからな！」

男二人は煙草を吐き捨てて、声がする反対側に逃げていった。

カッパといえば、一人しかいない。

「明夫……！　助かった」

「たまたま着替えていたときに、悠一郎くんの声が聞こえたからね」

着ぐるみ姿の明夫が駆け寄ってくる。手を引っ張って立たせてくれた。

和風お化け屋敷のカッパ役である明夫。顔は見えないが、きっと口元をひくつかせるいつもの笑い方をしているだろう。

「ここでその着ぐるみに着替えたのか？」

「そうだよ。ダンス部のステージを観ていたら、急に悠一郎くんの名前が呼ばれてね。代わりに僕が君のフリをして出ようと、これを着たんだ」

「明夫が、俺の代わりにバトルに？」

「最近密かにダンスを練習していたのさ。ダンス嫌いの悠一郎くんには言えなかったけど」

「だからって出ようとするなんて……」

「このまま最後まで出なかったら、悠一郎くんが悪者になるだろう？　親友を助けるのは当たり前のことさ」

カッパ姿の明夫は肩をすくめて、さも当然というような声のトーンで答えた。

しかし会話をしている間、ずっと足が震えている。着ぐるみの上からでも分かるほどに。

「明夫……」

一年のブランクなんてどうでもいいじゃないか。

上手く踊れなかったらどうしようなんて、くだらない心配だ。そんなものを遥かに上回る感情が今の俺にはある。

踊りたい。バトルがしたい。部長が許せない。こんな俺を誘ってくれた日向さんと、もっと分かり合いたい。

緊張なんかしている場合か？

初心者の明夫ですら、俺なんかのために出ようとしてくれているのに。

自然と体の奥が熱くなる。

「安心して任せてくれたまえ。ちょうど良い機会さ。対戦相手である神楽坂カイトに、僕の熱いパッションを伝えてみせるよ」

恭介に何と言われようと、俺は自分にダンスの才能が無いと思っている。かと言って、ダンスバトルの舞台から完全に降りることもできない。

——俺は、負けず嫌いで諦めが悪い凡人だ。

救いようがない。

バトルに戻った先に待っているのは、終わりのない競い合いだ。常に他人と比べられ、永遠に努力し続けなければならない。嫉妬し、傷付き、助けてくれた身近な人たちを悲しませるかもしれない。

でも、それでもいい。

俺は立ち上がった。強がって胸を張る明夫の肩を叩く。

「ありがとう、親友！　終わったらおすすめのアニメを教えてくれ！」

「……え？」

固まる明夫に背を向けて、ステージに向かって走り出した。

八　音の無い世界で、俺は笑った

「俺が出るからには、このバトルは絶対に勝つ。負けるのは大っ嫌いなんだ」

そう言うと、うつ伏せに倒れていた日向さんは何度か深呼吸をして、体を起こした。

「……はい……！」

搾り出したような声で、力強く頷く。

さすがだ。かなり息切れしていて、よく見たら右手首もだいぶ腫れている。それなのに、まだ目の奥に闘志がある。心なしか微笑んでいるようにも見える。こんな状況でさえ前向きでいられる、その姿勢を心から尊敬する。

観客席からまっすぐ正面のステージ奥には、三つ並んで椅子が置いてあり、その真ん中に座っている恭介が立ち上がった。

「うお――‼　ユウ――‼」

両手に持っている赤と青の旗をカンカンと激しくぶつけ合わせて叫んだ。両隣の席の大人の男性と校長が驚いて身を引いている。

昨夜、恭介が言っていた福岡に来た目的の仕事とは、これのことだったらしい。東京で活動している恭介と繋がれるようなダンサーがこの高校にいたとは驚きだ。

そういえば部長と神楽坂がバトルイベントで優勝した際、部長がいろいろと繋がりができたとか言っていたな。そのときに誰かから紹介でもあったのかもしれない。

その部長は俺と日向さんがいる位置からステージの反対側、観客から見て左側にいる。不機嫌そうに腕を組んでいる。

彼の一歩後ろには神楽坂もいた。いつものきつい目つきで俺を睨んではいるが、ほんの少し口角が上がっている。獲物を見つけた狩人のような顔だ。

神楽坂がこんなチープな企みに加担したのは意外だが、それだけ彼女の中でダンスに対する欲求が強いということだ。

それを俺は否定できない。

大切な人を裏切ることになってでもダンスを選んでしまう、いわば同類なのだから。

「遊間ー！　今さら出てくんなー！」

「帰れー！」

最前列に陣取っている柄の悪そうな集団から野次が飛んできた。部長の仲間だと直感で分かる。日向さんはこんな劣悪な環境で踊らされていたのか。

そこで曲が変わった。『You Are the Sunshine of My Life - Dax Riders』だ。

無機質なキックのリズムに、透明感のあるメロディが徐々に浸透していく。

『さあさあさあ！　ついに遊間悠一郎がやって来たぞ！　遅れて来たヒーローはこの絶体絶命の状況を打ち破れるかー⁉　だが制服にメガネのその姿、俺にはそこらへんの陰キャにしか見えないぜー⁉』

MCらしきピエロが仕切り直しとばかりに煽る。体育館裏まで漏れていた声だ。部長やその仲間たちもピエロに同調しながら笑っている。

観客の生徒や一般客は冷め切っている。グダグダなイベントに付き合わされて呆れているという顔つきだ。盛り下げた犯人は俺、というのが全員の認識だろう。

大体分かってきた。状況はかなり悪い。

でも。

「日向さん。とりあえず下がってくれ」

――腐っても俺はLil' homiesだ。

凡人でも、ブランクがあっても、世界を制したチームのリーダーだ。

メガネを外し、日向さんに渡した。

「は、はいっ」

日向さんはメガネを受け取り、俺の顔を見て唇を噛んだあと、首を振り、そそくさと下がっていった。

俺はまず、スニーカー内部の爪先の隙間を埋めるため右足、左足と交互にステージを何度か蹴った。同時にフロアの状態を確認する。新品の木材で増設されたステージ。僅かに弾力があり、ツルツルと滑る。

次に深呼吸をした後、部長に向かって、まるで散歩でもするかのようにゆっくりと歩き出した。

自分の鼓動が煩い。油断すると足が震えそうだ。

内心ではひどく緊張している。しかしそれをさらけ出してはいけない。

緊張は肩周りに出る。筋肉が硬直するといかり肩になりやすい。意識的に肩を下げる。顎を上げ、左右の肩甲骨を背中でくっつけるように寄せて胸を張る。泳ぎそうになる視線の焦点を部長に合わせた。緊張を隠す術は習得している。

俺はステージを横断し、反対側にいた部長のすぐ目の前で立ち止まった。

「あんた、本当に最低な奴だな」

「ああ？　わざわざ恥をかきに出て来るとはご苦労なことだ。そもそもお前ダンスできるのかよ？　大人しく逃げとけば……」

俺は部長の返事を最後まで聞く前に背を向けた。

その場でジャンプして助走のための勢いをつけ、ステージの中央に向かって走り出した。

ブランク明けの筋肉の一つ一つに音楽が染み込んでいく。

会場にはおよそ千人の観客がいる。

敵がいて、チームメイトがいて、ジャッジがいる。

スポットライトを全身に浴びている。

沸騰しそうなほど熱い血が体中を駆け巡る。

まずは、軽く挨拶(あいさつ)代わりだ。

強く踏み切り、横転(ロンダート)、バク転、バク転、そしてバク宙を決めた。

着地の瞬間、ステージが弾む。反動がつま先、踵(かかと)、膝(ひざ)、腰、背中と下から順番に突き抜ける。これだけできっと明日は酷(ひど)い筋肉痛に襲われるだろうが、そんなことはどうでも良かった。

『……お、おーっ⁉　遊間悠一郎！　見た目からは想像できない、体操選手並みのアクロバットだ――！』

ピエロが叫んだ。

「は……っ⁉」

部長は口を開けながら呆気(あっけ)に取られている。観客席最前列の仲間たちも同様だ。

興味なさそうだった観客たちが一気にざわつく。

陰キャの見た目をした制服姿の男が突然のアクロバット。散漫だった意識がぐっと集まってきたのを肌で感じる。

若干の下半身のふらつきを制御するため、フロアを摑むように足の指先に力を入れた。

これからする動きは、ミリ単位による精密さが求められる。地面から頭頂部まで、体幹を貫く一本の軸を意識しなければならない。

派手なアクロバットで引き付けた次に選んだジャンルは、ポップだ。

まずはポップにおける代表的なスタイルのひとつ、「ウェーブスタイル」。体の関節を順々にひとつずつ動かして波のような流れを表現するダンス、そこから筋肉を硬直させてロボットを模倣する「ロボットスタイル」へと繋げる。よく路上で大道芸人がするようなパントマイムに近い動きだが、大きな違いは音楽を的確に表現し、リズムに乗っていることだ。

『これはエグいぞー！　ウェーブにロボット！　高精度のアイソレと力加減が求められるスタイルだ！　このクオリティは滅多に観られないぜ！』

力強さと派手さが特徴のブレイクダンスとは対角線上にあり、全ジャンルの中でも一、二を争う繊細な動き。その不思議な質感は観客に新鮮さを与えてくれる。

派手な大技の後に、小さな動きで緩急を付けた。

それによって体育館の奥の方にいた観客が後方から前列へ、波状に詰め寄るのが見えた。

こいつは何かが違う、もっと近くでよく観なければ。後ろにいては観られない！

そんな声が頭の中に聴こえてくる。

俺は短めのゆるい立ち踊りを挟んで、背中から倒れ込むようにフロアに手をついた。ブレイクダンスの足技(フットワーク)に入った。

細かい音の全(すべ)てを拾うつもりで、複雑に両足を絡ませる。

正面の部長を睨み上げながらも、左側の客席と、右側の審査員席(ジャッジ)にも見えるように体の角度の調整を欠かさない。

恭介が椅子から立ち上がり、両膝に手をついて前のめりになっているのが視界に入った。今にも飛び出してきそうな顔をしていたので苦笑してしまう。

フットワーク中、あえてステージの最前列に寄り、ステージ上に肘(ひじ)を乗せて観ている部長の仲間たちに近づく。

蹴り上げるような動きをすると、何人かが驚きながらのけぞった。

この段階で彼らを下がらせておくのが後で効いてくる。俺は鼻で笑いながら、冷ややかな視線を送ってやった。

『す、すげえ！　フットワークのキレがプロダンサーレベルだ！　ポップもブレイキンも上手(うま)いなんて普通はあり得ねえぜ！　一体何者なんだコイツは——!?』

ピエロはなかなかダンスに詳しいようで、先程からかなり的を射た実況をしている。興奮のあまり舞台袖からはみ出ていて、もはや部長と神楽坂の間に割り込んで来ている。

俺は淀みのない自然な流れで三点倒立に移行し、頭の頂点で回る「ヘッドスピン」を始めた。

逆さまの景色が横に流れていく。加速度的にスピードが上がる。それに比例して歓声の量も増していく。

久しぶりなので目が回るかもしれないと危惧したが、全くの杞憂だった。

一年前と何ら変わらない。

俺には、バトルの場の全てが正確に視えている。

そして、曲の山場となるサビ前の連続した打ち込みの音の粒を狙って、頭頂部を床につけたまま両手両足を閉じて「気をつけ」の体勢で高速回転する「ドリル」を繰り出す。

狙い通り、音楽にぴったりハマった。

体育館内は先程までの冷め切っていた空気が嘘のように沸き上がっている。声で音楽が聴こえないほどで、あちこちから手が上がっている。

俺は頭のてっぺんに摩擦熱を感じつつ、薄ら笑いを浮かべながら立ち上がった。

ステージ奥の左端にいる部長を振り向く。

部長の仲間たちを下がらせておいたおかげで、俺がステージの最前列ギリギリに立てている。

そのため、俺を観ている部長の角度からは、俺の背後で大盛り上がりしている観客が嫌でも目に入る。

まるで体育館にいる全員が俺の味方になったかのように錯覚しているはずだ。

その状態で部長に手招きし、フロアを指差した。

次はお前の番だ。踊れるものなら踊ってみろ、という意味を込めて。

「……う、ううっ」

部長は怯み、小さく首を振って一歩下がった。

しかし、それと同時に神楽坂が部長の胸を突き飛ばして飛び出して来た。

『おおーっとダンス部も負けてないぞー！　一年生エース、神楽坂だー！』

彼女の判断は正しい。

ダンスバトルは主導権の奪い合いで、敵に飲まれたことを悟られたらその瞬間に負けが確定する。たとえ自信がなくても、そんな素振りを見せてはいけない。

神楽坂は飛び出た勢いに反して、丁寧で柔らかい質感のステップを刻んだ。

以前バトルイベントで観た印象では、彼女はオールジャンルを高い水準で踊れるが、中でも得意ジャンルはハウスだ。

上半身を使う派手な技は少なく、洗練されたバリエーション豊富なステップが特徴の、玄人受けするジャンルといえる。

神楽坂のハウスは一流と言って差し支えなく、爪先と踵を器用に使い分けている。足が接地している時間と面積を極限まで減らすことで、まるで宙に浮いているかのような無重力感を実現している。

激情に駆られた表情ながら、体の力みは一切ない。

情熱を上手く飼い慣らしている証拠だ。

攻撃的かつ観客へのアピールをとにかく狙った俺のダンスとは違って、神楽坂は音楽のノリとリズムを丁寧に表現するアプローチをとっている。

それだけではなく、上半身ではボディウェーブを流し、女性的でしなやかな体の使い方を強調している。俺には無い武器を使って戦おうとする冷静な戦略からは、負けん気が強い性格と踏んできた場数の多さが窺える。複雑な動きをしていてもなおリズムと乖離しないのは、普段から様々な音楽を聴く生活をしているからだろう。

神楽坂らしい、ダンスと音楽への愛が伝わるムーブだ。

俺のダンスで興奮していた観客は落ち着きを取り戻しつつある。

とはいえ決して冷めているわけではなく、神楽坂の美しさが際立つ流麗な動きに魅入られている。

完全に主導権を奪ったと思ったが、やはり彼女は手強い。さらなる一手が必要だ。

「ユウ！　遅いよー！」

俺が神楽坂を睨みつけながら思案していると、突然横から声をかけられた。

恭介が満面の笑みで立っていた。ぴょんぴょんと飛び跳ねている。

「は？　お前ジャッジだろ」

「校長先生に渡して来た！」

審査員席を見ると、校長が赤と青の旗を二本ずつ持ち、困ったような顔をしている。

「恭介、仕事なんだからちゃんとやれよ」

「どうでもいいよ、どうせエキシビションでしょ？　ユウと踊るのが優先！　さっきのムーブ、ユウっぽくてやばかった！」

「俺っぽい？」

「会場を爆発させて、その光景まで利用して敵にダメージを与えてたじゃん。ユウって動き全部が演出されてるんだよね！　自分の技術も周囲の環境も、使えるものは全部使って絶対に敵を倒す……いや、殺す！　って感じで！」

両腕を広げ、嬉々として語る恭介。

俺は神楽坂から視線を外さないようにしつつも、思わず笑ってしまった。

恭介は昨夜の市役所で、俺のダンスにもちゃんと感情が乗っていると言っていた。

苦痛だった幅広い練習も、バトル中に周りを観察してうだうだ考える行為も、俺の中で積み重なり、ちゃんと武器になっているらしい。そう考えると、辛かった日々も愛おしく思えてくる。

「恭介」

「ん？」

「ダンスって楽しいよな」

恭介はふふん、と得意気に笑った。

「ダンスは世界一楽しい遊びだよ！」

直後、審査員にもかかわらず神楽坂のムーブにかぶせるように飛び出した。

初っ端から助走無しの「ダブルコークスクリュー」を繰り出す。片足ジャンプでバク宙をしながら、捻りを二回転入れるという人間離れした超大技。助走無しとなるとプロが集まるバトルイベントでも滅多に見られない。

これによって、神楽坂が時間をかけて丁寧に作り上げていた「音楽とダンスがシンクロする気持ち良さ」を楽しむ雰囲気が一瞬でかき消された。

観客のほとんどの視線が恭介に移る。

神楽坂が唖然としている。ジャブを繰り返し当ててコツコツとダメージを蓄積させてきたのに、ハードパンチャーの右ストレート一発で試合をひっくり返されたボクサー。そんな気分だろう。

着地した恭介が観客席に向かって拳を強く振り下ろすと、会場からは大きな歓声が巻き起こった。

神楽坂も充分健闘したが、このバトルの特徴は「文化祭」だということだ。

経験者が多く集まる一般的なバトルイベントなら、ここまで一方的にはならない。ところが今日この場に限っては、素人にも響きやすい派手なアクロバットの方が盛り上がるのは必然だ。

『うおーっ！　Lil' homies の恭介がまさかの参戦だー！　完全に仕事放棄だが、盛り上がってるのでオッケー！』

水を得た魚のように伸び伸びと踊る恭介を見て、ピエロはやけくそ気味に親指をぐっと立てた。

部長は何か言いたげだ。とはいえ、恭介は年下ながら遥かに格上のダンサー。口出しをしたり、この盛り上がりを遮って止めるほどの度胸は部長にはない。

「ごめん、日向さん。もうバトルはむちゃくちゃだ」

恭介が踊っている間、俺は日向さんに謝罪した。せっかく一人で耐えて繋いでくれたのに、ジャッジの乱入というイレギュラーのせいで、もう勝敗はつかないだろう。

「い、いえっ。どうせ私はこの右手じゃ、どうしようもないので……」

日向さんが腫れた右手首を押さえながら苦笑する。

このレベルの中に入るにはかなりの勇気を要する。ましてや頼みの綱のウインドミルが使えないのでは無理もない。

でも、せっかく二ヶ月間がんばったのだから、先程のダンスが彼女の実力の全てだと思われたくない。

それにバトルとしての勝敗がつかない以上、部長の心をへし折って事実上の勝利を得る為には、日向さんのダンスが必要だ。このまま終わっては、部長に言い訳を残してしまう。

何より俺が彼女のダンスを観客に見せたい。

「……あっ！」

そこで、閃いた。

「日向さん、『ノーハンドウインドミル』に挑戦しよう！」

「えっ？　恭介さんがやっていた、手を使わないウインドミルですよね。あれを私が？」

「そうだ」

「そんなの無理ですっ。練習もしてないですし」

日向さんがぶんぶんと首と左手を振る。確かに無茶を言っている自覚はある。

しかし彼女がパワームーブを決めれば確実に盛り上がるし、部長たちによりダメージを与えられる。神楽坂にいくら引き出しがあろうと覆せないほどに。

恭介個人のダンスに頼って「何となく俺たちが勝った印象」を作れたとしても、それは真の勝利ではない。元は俺と日向さん二人のバトルなのだから。

「日向さん、絶対にできる。俺を信じろ！」

「え、でも……」

「もしできなかったら、たくさん謝る！」

日向さんの両肩を摑み、しっかりと目を見つめる。すると彼女は唇をきゅっと結び、こくりと頷いてくれた。

「……分かりました。遊間くんを信じます……！」

「よし！」

俺は踊っている恭介に指示を出した。

「恭介！　ウインドだ！」

恭介はにやっと笑い、注文通り、足技を切り上げてウインドミルに入った。

人差し指をくるくるっと回す。

その間に日向さんに四つん這い（ば）になってもらい、右腕だけたたんで胸に付けるよう促す。

立ち状態からの入りは右手首の負傷でできない。

なので、俺が始動のサポートをする。

「基本的に腕以外は普通のウインドミルと一緒だ。躊躇（ちゅうちょ）せず思いっきりやるんだ！」

「……は、はいっ！」

ノーハンドはウインドミルの上位互換技だが、ウインドミルの体の使い方さえマスターしていれば一日で出来るようになる人もいる。

加えて、このステージのフロアが滑りやすいことは確認済みだ。

このタイミングで出来るかどうかは賭(か)けだが、日向さんがこの二ヶ月で見せた伸び幅を信じる！

俺は彼女の両足を持ち上げ、思いっきり横に放(ほう)り投げた。

「左腕もたたんで胸に！　あとは体を返し続けろ！」

その指示が聞こえたかどうかは定かではないが、日向さんは俺が投げた勢いに乗って、見事ノーハンドウインドミルを成功させた。

『うおおおお！　あかりちゃんのノーハンドぉ――‼　可愛(かわい)い顔してこんな大技を隠し持っていたのか――！』

まさか彼女がアクロバットをすると思っていなかった観客は大いに沸き、感嘆の声をあげている。

さらに俺が日向さんと恭介の間を繋ぐような位置でウインドミルをすると、三人が一列になってウインドミルを合わせる即席の連携(ルーティーン)が完成だ。

回転している俺の耳に、今日一番の歓声が届いてきた。

なぜ、一年もダンスをしなかったのだろう。頭に疑問が浮かぶ。

あれほど必死にやめたいと思っていたのに、いざ再開するとこんなことを考えるなんて。

都合の良い自分に呆れてしまう。

俺はウインドミルをしながら、横目で日向さんの回転が止まったことを確認すると、最前列にいる恭介の隣へ、片膝で滑りながら移動した。

明らかに勝敗の天秤はこちらに傾いているが、ここからさらに突き放す一手をぶつけるために。

もはや合図を出すまでもなかった。

五年もチームを組んでいただけあって、恭介は俺がこのタイミングでトドメを刺しに行くことを感じ取っている。俺を見もせず、いたずらを楽しむ子供のような笑みを浮かべている。

俺たちは寸分違わぬタイミングで、Lil' homies の連携に入った。

『こ、これは――⁉ 恭介と遊間のルーティーン⁉ 事前に練習したのか⁉ でもあまりにクオリティが高すぎないか――⁉』

アメリカ代表戦で使った、俺たちの鉄板の連携。

地を這うような足技を高速で合わせる。

日が暮れてもなお練習し続けた。

ブランクも関係なく、体幹も手足も勝手に動く。振り付けが完全に体に染みついている。

下半身は当然として上半身の角度に至るまで、俺と恭介は完璧に揃っている。

興奮して首を振っていたピエロだったが、唐突にぴたりと動きを止めた。

『……というか、これは……、見たことあるぞ……。遊間、悠一郎……？　遊間……ゆう……、まさか……』

俺の正体に気づいたようだ。

「嘘だろ……、あのメガネが」

すでに完全に戦意を喪失していた部長も同じく理解したらしい。放心したように立ち尽くしている。

神楽坂は俺をじっと睨みつけ、歯を食いしばっている。

観客席からヤバイヤバイと騒ぎ立てる声が聞こえた。中には悲鳴に近い声もある。

たくさんのスマホを向けられている。

「ユウ！」

恭介が叫ぶと同時に静止し、腰を落として両手を重ねた。顔の筋肉が緩みきっている。

俺は恭介の手に足をかけた。

決めの伸身宙返りをするべく、高く、高く飛び立つ。

両手両足を伸ばして、重力から、様々な何かから解き放たれたように舞い上がる。

ステージ上部のスポットライトに近付いていく。

体の表面も、中身も、かつてないほど熱い。

耳元で風を切り裂く音が聴こえたが、頂上に達すると無音になった。靴底の擦り減った白のスーパースターが、ゆっくりと、ステージ背景の暗幕に大きな円の軌跡を描く。

色鮮やかな照明が汗と埃を反射させる。まるで重力など存在しないかのように、きらきらと漂っている。

音の無い世界で、俺は笑った。

◇

遥か上空を駆けるユウを見上げながら、恭介は思う。

ユウはオーケストラで例えるなら指揮者だ。いなくても形としての演奏は成り立つ。しかし、ユウがいないとLil' homiesは単なる寄せ集めだ。好き勝手に自分の一番大きい音を出したがる烏合の衆だ。

ユウは敵、味方、観客の全てを操る。そして味方の魅力を散々引き出した後、自分はまるで裏方のように一歩下がる。

だからこそ、唯一の見せ場であるこの伸身宙返りが輝く。何にも縛られず、のびのびと羽ばたくユウに、震えるほど感動してしまう。

恭介は、小学五年生の頃を思い出していた。

いつもクラスの隅でスマホを眺めている根暗な少年。それがユウだった。

活発でスポーツ万能、常にコミュニティの中心だった恭介にとって、ユウは風景の一部でしかなかった。

ところがある日、体育の授業のたびに体を隠しながら着替えるユウの服を、同級生が遊び半分で無理やり剝ぎ取った瞬間から、全てが変わった。

恭介を含めて、それを笑いながら眺めていた男子たちは、ユウの体を見て一様に顔が引きつった。

「ほ、放課後、毎日ブレイクダンスの練習をしてるんだ。この痣もこの痣も、全部それで出来たんだ」

体中にある大小様々な痣や火傷を指差して、必死に説明するユウ。

誰もが嘘だと分かった。

クラスの男子はみな、腫れ物を扱うようにユウから離れた。元々仲の良い友達はいなかったので、ユウ自身は何事もなく誤魔化せたつもりだったようだが。

そんな中、恭介だけは唯一ユウに近付いた。放っておけなかった。

多くの友人からの遊びの誘いを断って、ユウとダンスの練習に没頭した。

恭介は運動神経が抜群に良い。一年生ながら、自身の高校の体力テストでは校内一位に君臨している。夏休みが終わった今でも、各部活からの勧誘は止まらない。

とはいえ、どれだけ賞賛されようと、求められようと、ユウとするダンス以上のものはない。

自分の持てるもの全てを使って、同時に全てを捨てて、楽しいことなんて他にいくらでもあるにもかかわらず、ダンスだけに人生を捧げるユウ。

明確な審査基準がないダンスバトルで、勝つために人生を賭けるなんて無益なことだ。

どんなに力を尽くしても、好きか嫌いかで裁かれることもままある。

だから勝ち負けにこだわるより、楽しいかどうかを基準にした方が良い。その方が幸せで、いつまでもダンスを好きでいられる。

でもユウはそうじゃない。

どんな状況でも勝とうとする。勝つことだけに全部が向いている。

その執念こそが、四人となったLil' homiesに最も足りないものではないか。

恭介は、光に向かって両腕を広げるユウの背中を見上げて、そんなことを考えた。

◇

明夫はカッパの着ぐるみの頭部分だけを外し、放心していた。

ステージから遠く離れた体育館の入り口前で、前後左右から多くの人にもみくちゃにされながら、空中に撃ち出された悠一郎を眺めた。

体育館はもう収容人数を超えており、一人たりとも入らないというのに、それでもなお入ろうとする人で入り口近くはぎゅうぎゅうだ。今すぐ扉が壊れてもおかしくなかった。

先程まで興味なさそうにしていた一般客たちは、誰もが歓声を上げ、悠一郎にスマホを向けている。口々にその名を呼んでいる。

Lil' homies のリーダー、ユウ。それが親友の名前らしい。

中学生ながら世界一に輝いた天才集団。自分とは一生関わり合いが無いであろう存在。動画やSNSの中だけにいる、別世界の生き物。

毎日一緒にいた記憶の中の悠一郎と、目の前の光景がまるで結びつかない。頭では理解できても心が拒否している。

　中学時代、明夫は孤独だった。部活もせず、友達もいなかった。成績だけは良かったので、それのみを支えにし、恋愛や遊びにうつつを抜かすクラスメイトたちを蔑んだ。いじめに近いようなものも稀にあった。しかし自分には勉強があると励まし、県内トップの九葉高校を受験した。準備が早かったのもあって、二年の頭から常にA判定だった。

　だからこそ、合格後に入試の成績が五十位を下回っていたと知ったときは衝撃だった。さらに、入学初日の休み時間に、友達作りもせずに勉強に没頭する前の席の悠一郎を見て、これが名門進学校かと息を呑んだ。

　ここでは勉強は武器にはならない。彼ほどの覚悟を持てない自分では、今以上の結果なんて出せない。明夫の縋るようなプライドは完膚なきまでに打ち砕かれた。

　入試トップは中学時代から有名だった日向あかりだと知っていたから、おそらく悠一郎は二番目か三番目か。さぞ成績が良いのだろうと予想した。

　それなのに、まさか中学レベルの基礎問題の解き方を尋ねてくるなんて。初めての会話でそう思ったことを、今でも鮮明に覚えている。

　上には上がいると知らされた九葉高校において、悠一郎の存在は明夫の救いだった。

　彼に教えることが自身の勉強にもなり、鬼気迫るほど努力する教え子に対して見栄を張り続けるには、明夫も努力せざるを得ない。結果、夏休み明けの実力テストでは三十二位の好成績を収めた。

しかし、勉強をするためだけに生きているような悠一郎の姿勢に尊敬の念を抱き、唯一の親友として接する一方で、どこか見下していたようにも思う。こんなに勉強しても、まだ自分より下なのかと。

そんな優越感は、ただの勘違いでしかなかった。

悠一郎はダンスをしていることを隠していた。嫌いだと嘘をついていた。

これほどの武器を持っていながら、何者でもないフリをして明夫に近づいたのだ。

ステージ上で舞う親友を、観客席の最後列から眺める明夫。

嫉妬(しっと)はある。悔しさも、恥ずかしさも。でも一番は、悲しかった。

物理的な距離以上に、心が遠く離れているように感じられた。

百合子は体育館の二階にいた。

手すりに肘をつき、ステージを見下ろす。恭介の手を踏み台にして、愛する息子が飛び上がったところだった。

幾度となく観た、Lil' homies が勝負どころで使う鉄板の連携（ルーティーン）。

これに何度泣かされたか分からない。もちろん今も、熱い雫（しずく）がゆっくりと頬（ほお）を伝っていく真っ最中だ。

百合子が自分を責めなかった日はない。

悠一郎が小学生になったばかりの頃、夫の勤めていた会社が倒産した。夫はひどく泥酔し、初めて百合子に手をあげた。

その翌朝、別室で寝ていたはずの悠一郎が、目の下に深いくまを作っていた。

それを見ないふりをしてしまったとき、百合子の心にひびが入る音がした。

仕事を再開すれば収まると思っていたのに、夫の暴力は止（や）まなかった。やがてそれが悠一郎にも及ぶようになり、取り返しがつかなくなると、百合子は苦肉の策としてスマホを買い与え、自分が帰宅するまで外で遊ぶように指示した。百合子が取れた対策はそれだけだった。

無責任で、軽薄だったと思う。

もし過去に戻れたら、相談所でも弁護士でも、何を頼ってでも離婚してやるのに。いっそ夫を殴り返してやっても良かった。なぜかあの時は、それができなかった。

悠一郎は感情を出さない子になった。

笑わなくなった。泣かなくなった。夫に煙草（たばこ）の先を向けられても、狼狽（うろた）えなくなった。

百合子のせいだと自覚してはいても、どこか不気味で、そう思ってしまう自分を死にたくなるほど軽蔑した。

だからこそ小学五年生のときに、突然「ダンスバトルに出るから観に来てほしい」と言われたときは驚いた。

半ば強引に仕事を休み、夫の機嫌を取り、観戦した。

体をめいっぱい使って踊る悠一郎を観て真っ先に思ったことは、「この子は誰なんだろう」だった。

つくづく最低な母親だと思う。

表情豊かで、ウインドミルを失敗してもめげずに再挑戦し、友達に囲まれながら、周りの大人たちに応援されている我が子。

まるで「普通の家庭の子ども」のようだった。常に無表情で膝を抱えている、家での悠一郎とは全く違う。

バトルが終わって人目もはばからずに泣く悠一郎を見て、百合子も泣いた。

泣かないわけがなかった。

——悠一郎が、ダンスに出会ってくれた。

それは百合子の人生の中で一番の幸運だった。

ダンスと共にいれば、悠一郎は笑い、泣ける。

結果になんか拘らなくていいけれど、勝敗さえも彼が愛するダンスの一部なら、百合子には止められない。

身動きとれない暗闇の中で、自ら見つけ出した光を奪うことなんてできない。百合子には、全てを受け入れ、支えてやることしかできない。かつて自分から手を放したのだから当然だ。

スポットライトに照らされる悠一郎を見て、百合子は確信する。

――ああ、この子はダンスをして生きていくんだなあ。

◇

伸身宙返りを経て着地した瞬間、俺の耳に飛び込んできたのは拍手喝采と足踏みの音、そして絶叫とも言えるほどの大歓声だ。

体育館の崩壊を心配してしまうほど熱狂している。空気が振動し、あまりの熱気で呼吸するたびに肺が焼けそうだ。

『ユウ！　ユウだよ、ユウ！　Lil' homies のリーダーのユウじゃね!?　ユウがウチの一年⁉　マジかよ！』

俺の正体に気付いたピエロはもはや演技がかった喋り方を忘れ、素が出てしまっている。

舞台袖のダンス部員たちが慌ただしく騒いでいて、部長はいつまでも放心している。

神楽坂ももう出て来ない。この空気を彼女一人で覆すのは不可能だ。そもそもこの後に踊れる高校生などいるはずがない。

でも、もしまだ出てくるなら。

完膚なきまで叩き潰す。

気を抜いて負けるなんてありえない。俺は負けるのが大っ嫌いなんだ。

――そんなバトルの終わりを告げたのは、生活指導の先生の拡声器による声だった。

『入り口の扉が壊れてガラスの破片が飛び散ったため、一旦イベントをストップします！入り口周りには処理が終わるまで近寄らないように』

ピエロは司会進行としての役目を思い出し、先生と共に観客の誘導に当たった。いつのまにか音楽も止まっている。

俺と恭介はどちらも汗だくで、肩を上下させながらステージの中央で向かい合った。

声に出さずとも、お互い考えていることは一緒だった。

正式な勝敗はつかなくても、このバトルは俺たちの勝ちだ。

恭介が笑顔で右手を上げたので、俺は首を振り、日向さんを親指で差す。二人で彼女のもとに駆け出した。三人でハイタッチしようとした。

ところが、日向さんの右手の怪我を思い出し、叩こうとして上げた手を止める。

コンマ数秒迷った俺の後ろから、恭介が俺と日向さんにまとめて抱きついてきた。

二人の肌が焼けるように熱い。

日向さんは俺の胸の中で「きゃっ」と悲鳴を漏らしたが、すぐに「あはは」という声に変わり、俺もつられて笑った。

「ユウ、楽しいね！」

恭介が俺の顔を見て、嬉しそうに言った。

エピローグ

入り口周りの片付けが終わって、ダンス部の本来の企画であるソロバトルが行われた。

しかし、先程のバトルに比べたら明らかに盛り上がらなかった。

日向さんと俺は出場しなかった。日向さんは右手の怪我が理由。俺は久しぶりのバトルで疲れて、立っているのも精一杯だったからだ。

俺たち二人は誰もいない体育館裏で、窓の外から覗くようにバトルを観た。

出場者はダンス部のみだった。神楽坂も出ていなかったので、全員の実力は拮抗していた。恭介はソロバトルの方ではちゃんと審査員としての仕事を全うした。勝敗をつけ難いバトルが多かったものの、俺から見てもジャッジの内容は的確だったと思う。

バトル後、総評をお願いされた恭介がマイクを握った。

『えー、ダンス部のみなさん、出場者、裏方、観客のみなさん、お疲れ様でした。さっきは勝手にバトルに出ちゃってごめんね。でも盛り上がったからいいよね？』

観客は笑っているが、ダンス部員たちは何とも言えない表情だ。

『ユウが遅れたのは、盛り上げるためのそういう演出だったんだよね？　きっとダンス部と打ち合わせ済みだったんだろうけど、部長さんはちゃんと悪役に徹してて偉かったよ！　金髪の子はかなり上手(うま)かったし、部長さんと彼女に、拍手ー！』

ぱらぱらと拍手が起こる。

神楽坂だけではなく、部長もソロバトルに出ていなかった。まともな神経をしていたらとてもじゃないが顔を出せないだろう。見下していた一年にダンスで圧倒されたのだから。

こちらが勝ったら謝らせるという話だったが、もはやどうでもいいことのように思える。むしろ、ダンス部員の中にはこのバトルに賭(か)けていた者もいたかもしれないのに、俺たちの私怨(しえん)で振り回してしまって申し訳ない気持ちすらある。

『あのユウのダンスが観れたなんてみんなラッキーだよ。ユウは俺が知ってる中で一番のダンサーで、高校の文化祭なんかで無料で踊るようなレベルじゃないし。学ぶところがめちゃくちゃあるから、部員のみんなは動画を穴が開くほど観るようにね』

そう言って、恭介はマイクを口から離した。ふーっ、と一息入れて再び近づける。

『……ユウ。俺さ、高校辞めるよ』

「は？　嘘(うそ)だろ」

思わず呟(つぶや)く。日向さんも同じように驚いた顔をしている。

『ずっと考えてはいたんだ。でも、もし怪我したら、本業として通用しなかったり、何かの事情でダンスをやめないといけなくなったらどうしようって思うと、踏ん切りがつかなかった。高校中退の元ダンサーなんて、社会のはみ出し者じゃん。何の資格もないし、頭も悪いし。そもそもダンスで食っていけるの？　って感じだし』

客席からは何のリアクションもない。体育館内は静まり返っている。

『でも、ユウと踊って気付いたんだ。俺に足りないのは覚悟だって。もちろんダンスの楽しさも忘れないようにしながらね！　俺なりに一生懸命やってみるよ。みなさん、今日はありがとうございました！　最高の一日でした！』

恭介が深くお辞儀をする。審査員のくせにまるで自分が主役のようなコメントだ。

大きな拍手があって、ピエロが進行役に戻る。

「遊間くん！」

突然、日向さんが左手で俺の袖(そで)を握った。

「どうした？」

「まさか、遊間くんも学校辞めたりしませんよね……？」

一瞬理解できなかったが、すぐに納得して、首を振る。

「恭介に触発されてってことか。そんな簡単に人生決めるわけないだろ。さすがに母さんが泣くだろ」

日向さんは右手を胸に当て、ほっと息を吐いた。

「そう……ですよね。良かった……」

「というか日向さん、俺がユウだと気付いてたんだな。特に驚いている様子がないし」

すると彼女は思い出したように俺の袖から手を離し、視線を外して頷いた。

「はい……ごめんなさい。言えなくて」

「謝るのは俺の方だ。隠していて悪かった」

「私、あのユウさんに教えてもらってたんですよね……どうしたらいいですか？　お金、払います」

「いやいや、やめてくれ。俺は日向さんを尊敬してるんだから」

「えっ、遊間くんが私を？」

「日向さんがいなかったら俺はダンスに戻れてない。自分でも気付けなかったダンスをやめた理由に気付いてくれたし、たった二ヶ月で信じられないほど成長した。本番でいきなりノーハンドを決めるなんて、普通じゃないよ」

「それは……遊間くんが、俺を信じろって言ってくれたからです」

「そんなの関係ないだろ。日向さんがちゃんとウインドミルの体の使い方が出来ていたから」

否定する俺を、彼女は確信を持った口調で遮った。

「いえ、そんなことはどうでも良いんです。遊間くんができると言ったら、私はできるに決まってるんです」

その迫力に思わずたじろぐ。

「……信頼され過ぎて困るな」

「それだけのことを、遊間くんは私にしてくれたんです」

「ああ、基礎に時間をかけて正解だった。何事も基礎は大事だからな」

得意気にそう言うと、日向さんは頬(ほお)を膨らませた。

「もう、そういうことじゃありませんっ」

「違うのか。ダンスのことじゃないのか？」

「ダンスを通して、数えきれないほどありますよ」

何だろう。むしろ俺の方がたくさん教えてもらった気がする。

記憶を探りながら彼女を見た。珍しくまっすぐ俺を見つめている。

壁を一枚隔てた体育館の中から、多くの人の声が漏れてくる。校舎側も騒がしい。年に一度の文化祭を、多くの生徒や一般客が楽しんでいる。ざわめきが聞こえてくる。

先程ステージにいたときは、ここが世界の中心かと錯覚してしまうくらい注目されていたのに。

今は学校の片隅で、誰の視線もなく、二人きりだ。

日向さんが、こくんと喉を鳴らした。

「……昨日、バトルが終わったら話があるって言いましたよね。覚えてますか……？」

「もちろん」

昨日の昼間、ウインドミルを観せてくれた後に言っていたことだ。

「日向さん、待ってくれ。俺も話があるんだ。先にいいか？」

でも、実は俺にも言いたいことがある。

もしかしたら日向さんも同じ内容かもしれない。もしそうなら、俺の口から言いたい。

彼女はえっ、と驚きの声を漏らし、目を泳がせた。小さくまばたきを繰り返す。

「う、嘘でしょう。遊間くんも、まさか……」

「ああ。日向さんに言いたかった。日向さんは俺に無いものを持っている。相性は良いはずなんだ」

「あ、あ、相性⁉ そそそ、そう、ですか……？」

「一度そうしたいと思ったら、もう日向さんしか考えられない。日向さんじゃないとダメなんだ」

「あ、あう、え、そ、そんな……！」

「日向さん」

「……はいっ！」

ぴんと背筋を伸ばして返事した。全身に力が入っている。そんなに硬くなられると、こっちまで緊張してくる。

俺は深呼吸をして、はっきりと伝えた。

「日向さん、俺と……、チームを組まないか？」

「もちろん！　……え？」

「バトルをしてる時に思ったんだ。俺はやっぱりダンスが、特にクルーバトルが好きだ。自分一人じゃ出せない力を相手にぶつけられるし、今日も日向さんと恭介の三人でウインドミルを合わせた時が一番気持ちよかった。だから今度はこっちでチームを組んで、Lil' homiesに挑みたいと思ったんだ。あいつらに勝つためには、日向さんが必要だ」

「それって……ダンスの話ですよね」

「ん？　当たり前だろ」

日向さんは胸に両手を当てて、大きくため息をついた。

「はあ……、遊間くんらしいですね」

「何だ、てっきり日向さんもそう思ってくれてるのかと。じゃあそっちの話は何なんだ」

「そんなの……、えと、そうですね……」

再び日向さんの肩に力が入る。

十本の指を何度か組み変えた後、腕を後ろに回し、目を細めた。

「もっと上手くなったら……ダンスで、伝えます」

何かを決意したような、晴れやかな表情だった。


日向さんが手首の治療のため、保健室に行くと言った。

俺もついて行こうかと尋ねたが断られた。一人になって頭を冷やしたいのと、治療の後に神楽坂と二人で話したいからだそうだ。

「バトル前に、ステージの上で神楽坂さんを責めてしまいました。なぜ出たくない遊間くんを無理やり出そうとするんですか、って。でも遊間くんのダンスを観たら、正しいのは神楽坂さんだったって分かります。遊間くんがダンスをやめられるわけがなかったんです。神楽坂さんは初めから気付いていたんです……」

日向さんは寂しげに微笑んで、校舎側に歩いて行った。

一人取り残された俺は、その場に腰を下ろした。もう足がガタガタで、立っているのも限界だった。壁にもたれかかると、体育館の中からバンド演奏が聴こえ始めた。

ダンス部のプログラムが終わって、次の軽音楽部のライブが始まったようだ。

「こんなところにいたのかい、悠一郎くん」

すると明夫がやってきた。カッパの着ぐるみから制服に着替えている。

ロックミュージックが音漏れし、体育館裏は先程までの静かな雰囲気ではなくなっていた。

「すっかり騙されたよ。悠一郎くんがあんなに踊れたなんて。裏切られた気分だね」

眉をひそめた、怪訝な表情だ。

「ごめん。隠すつもりじゃなかったんだが、色々あって」

「言い訳は聞きたくないね。僕がダンスを始めたと聞いたとき、内心馬鹿にしてたんだろう。これからさぞ人気者になるだろうね。もう無理して僕に話しかけなくて良いからね。勉強だって日向あかりに教えてもらえばいいさ」

何やら機嫌が悪い。それもそうだ。俺は散々勉強を教えてくれた友人に、大きな隠し事をしていたのだから。

「明夫、怒るなよ。親友だろ」

「親友？　ハッ」

嘲るように吐き捨てられた。どうすれば機嫌が直るのだろう。明夫と仲直りできないと、計画が崩れる。

「明夫、落ち着けって」

「別に僕なんてどうでもいいんだろう。君にはダンスがあるんだからね」

「俺、日向さんとチーム組むことにしたんだ。明夫にも入って欲しいんだ」

そう言うと、明夫はへ、と気の抜けたような声を出した。

「……正気かい？　僕が君たちのレベルに入ってやっていけるとは思えない。その場しのぎのご機嫌取りならなおさら許せないよ」

「そんなんじゃない。さっき、俺の代わりに出ようとしてくれただろ？　『ダンスで神楽坂に熱いパッションを伝える』とも言った。初心者なのにあの場に飛び込もうと思える度胸があって、他人に感情を伝えるっていう意識も持っている。もちろん明夫次第だが、きっと上手くなると思う。でも嫌なら仕方ないじゃないな」

「待ってくれ。嫌とは一言も言ってないじゃないか」

明夫は腕組みをした。口元がひくひくしている。

「ちゃんと悠一郎くんが指導してくれるんだよね？　途中で見限られたら僕は泣くよ」

「やる以上は勝てるチームを作るつもりだ」

「いや、そうなると余計に僕なんかじゃ……」

「あと神楽坂にも声をかけようと思ってる」

「悠一郎くん、僕の一生をダンスに捧(ささ)げる所存だよ」

明夫は途端に笑顔を取り戻した。何とか機嫌を直してくれたようだ。

その顔のまま俺の隣に腰を下ろし、スマホを取り出した。やりたい技があるんだけど、と言いながら動画を観せてきた。アニソンバトルの予選で、サイファーをしている動画だった。たくさんのダンサーたちが楽しそうに踊り合っている。

それを眺めながら、ぼんやりと考える。

俺は一度ダンスから離れた。

しかし多くの人間に助けられて、またダンスに戻って来ることができた。

まるでサイファーのようだ、と思う。大きな輪っかの中で順番に踊る。自分が踊っていない間も、隣やその隣のダンサーから影響を受けている。

想い(おも)を受け取り、変化して、誰かに伝える。

そうして、全体の熱量が徐々に上がっていく。

きっと俺は、いや俺だけじゃなく、おそらく世界中の誰もが巨大なサイファーを構成するひとつの欠片(ピース)だ。


やがて軽音楽部のライブも終わり、日が傾いてきた。晴れていた青空が赤く染まり始める。祭りの喧騒(けんそう)は落ち着きつつあり、終わりの気配が漂っている。

俺と明夫が地べたに座りながら、二人で一台のスマホを眺めていると、神楽坂がこちらに向かって歩いてくるのが見えた。波打つ金髪が揺れている。後ろには右手首に包帯を巻いた日向さんもいた。

明夫は動画に集中していて二人に気付いていない。楽しげにアニソンを口ずさんでいる。きっと明夫のことだから、神楽坂と相対したらガチガチに緊張するんだろう。あまり考えてなかったが、はたして同じチームになったときにちゃんとやっていけるのか？

おそらくこのチームには、Lil' homiesのときとはまた違った苦労がある。

夕暮れの体育館裏。四人の体を木枯らしがさらう。

俺はため息をつきながら、立ち上がった。

あとがき

僕は小説を書き始める前、ダンサーとして活動していました。

若手としては結果を出していた方で、報酬をもらって踊ったり、バトルやコンテストの審査員をしたり、インストラクターとしてレッスンやワークショップなどもさせて頂きました。

ダンス一本で生活できるほどの収入はなかったので社会人として仕事をしつつ、かといってすっぱり諦めるほど可能性を感じられないわけでもなく。とにかく目の前の仕事やイベントに真摯に向かい合い、このまま結果を出していけばいつか何者かになれると信じて、寝る間を惜しんで努力していました。

やめるきっかけになったのは、当時ほぼ同じくらいの成績だった、同年代ダンサーのN君とのやりとりです。

大きなバトルを翌日に控えた夜、僕ら二人は市役所で練習をしていました。僕はバトルで勝つために、明日使うであろう技の練習を重点的に行いましたが、ポップをやっていたN君は一晩中「足裏を使った重心移動の練習」をしていました。

これは足裏のどこにどれだけ体重がかかっているかを意識して不安定な体勢を維持する基礎練習で、遠目には仁王立ちしたまま前後左右に揺れているだけに見える動きをひたすら繰り返す、というものです。ダンス的な「音楽に乗る」楽しさは皆無なくせに体幹の筋肉を酷使する、地味で全然面白くない練習です。

僕は基礎練を黙々とする彼を尊敬しつつも、その練習内容には疑問を抱き、空が白みはじめる頃、N君に尋ねました。

「上手くなるために基礎が大事なのは分かるけど、すぐ結果に繋がるものでもないし、今日はバトルで勝つための練習をした方が良かったんじゃない？」

すると彼は何気ない口調で答えました。

「俺はこの練習が楽しいからやってただけ」

それを聞いて、僕はハンマーで頭をかち割られたような衝撃を受けました。

僕にとっての練習とは、結果を出すための手段です。まず目標を決めて、それを達成するために求められる能力を精査し、何を練習すべきかを考え、愚直に実行する。楽しくない練習も必要なら我慢してする、そもそも楽しいかどうかなんて基準にしません。

しかしN君はただ純粋に、楽しい遊びに没頭していただけなのです。バトル前だとか、何が必要な能力だとかは関係なく。

それ以降、ダンスをしていて「ああ、なんか疲れたな」と思うことが多くなりました。

センスの差が努力で覆る場面を何度も見ました。けれど、努力に対する姿勢は人によって違います。

努力を努力だと意識せずに取り組めること。もし才能というものがあるのだとすればそれを指す、というのが第一線で戦ってきた僕が出した結論です。

僕は徐々にダンスの仕事を減らし、やがて市役所にも行かなくなりました。

紆余曲折あって小説を書き始めた僕は、久しぶりにN君と飲みに行きました。

そこで、ダンスをやめるきっかけになったことは伏せつつその話をしたところ、彼は笑いながら「あれは嘘だよ」と言いました。

「練習を始めてすぐイヤホンが壊れて、他にすることがなかったから仕方なくその練習をしてただけ。普通にきつくて何度も帰ろうかと思ったけど、それだとシンジに負けた感じになるから」

それを聞いて、真っ白になった僕の頭の中にまず浮かんだのは怒りと後悔です。次に安堵と共感が湧き、さらには自己嫌悪とやりきれなさが隙間を埋めていきました。それらは無秩序に入り乱れ、僕をおおいに混乱させました。

でも、すぐにN君が生まれたばかりの娘の写真を無邪気な顔で見せてきたので、なんだかどうでも良くなって、ただただ笑ってしまいました。

そしていつか小説家になったら、才能の無さを自覚しても戦場から逃げない主人公を書こう、と心に決めたのでした。

謝辞です。文章だけの小説媒体でダンスバトルものを、という挑戦的な企画を許可し、出版して下さった角川春樹事務所の方々、担当編集の永島さん。最高の表紙とイラストを手がけて下さったイラストレーターのメレさん、デザイナーの西村さん。共に戦ったかつてのダンス仲間たち。家族、友人、同僚。何より、本作を手に取って読んで下さった読者の皆様。誠にありがとうございます。

全員に直接お礼を伝えて回りたいくらい感謝しておりますが、残念ながらそれは叶わないので、この御恩は次にもっと面白い作品を書くことで返せたらと思います。

本書はハルキ文庫の書き下ろし作品です。

ハルキ文庫

サイファー・ピース・ダンサーズ

著者　国仲(くになか)シンジ

2022年6月18日第一刷発行

発行者　角川春樹

発行所　株式会社角川春樹事務所
〒102-0074 東京都千代田区九段南2-1-30 イタリア文化会館

電話　03(3263)5247(編集)
03(3263)5881(営業)

印刷・製本　中央精版印刷株式会社

フォーマット・デザイン　芦澤泰偉
表紙イラストレーション　門坂 流

ISBN978-4-7584-4491-0 C0193 ©2022 Kuninaka Shinji Printed in Japan
http://www.kadokawaharuki.co.jp/[営業]
fanmail@kadokawaharuki.co.jp[編集]　ご意見・ご感想をお寄せください。